Strandvägen
←BLASIEHOLMEN
rand-
otel
Junibacken
Galärparken
Modernes
Museum
Vasa-Museum
SKEPSHOLMEN
Almänna Gränd
KASTELLHOLMEN
Fjällgatan

Andreas Schlüter

City Crime

Strichcode in Stockholm

Mit Bildern von Markus Spang

TULIPAN VERLAG

Ankunft

Finn schaute aus dem Flugzeug auf eine gewaltige Seenlandschaft.

»Fantastisch!«, schwärmte er.

Ein großer Teil des Wassers war noch gefroren. Die Übergänge zwischen dem Eis und den aufgetauten Wasserflächen bildeten die bizarrsten Formen und Farben. An manchen Ufern standen einzelne kleine Holzhäuser, zum Teil noch mit Schnee bedeckt, andere, gänzlich schneefrei, verhießen den bevorstehenden Frühling. Es war März, der Himmel strahlend blau, aber in Schweden herrschten noch weitgehend Minus-Temperaturen. Aus dem Fenster des Flugzeugs heraus konnte Finn genau erkennen, welche Flächen dort unten mehr Sonne abbekamen und welche im Laufe eines Tages lange im Schatten standen. Noch nie hatte er den Übergang vom Winter zum Frühling so bildhaft vor Augen gehabt wie hier im Anflug auf Stockholm.

Seine ältere Schwester Joanna saß neben ihm auf dem

Mittelsitz. Zwar schaute sie auch gern aus dem Fenster, trotzdem hatte sie ihrem Bruder den Platz überlassen, weil es ihr letztlich doch wichtiger war, sich im Reiseführer auf den bevorstehenden Aufenthalt vorzubereiten. Das machte sie zwar immer, wenn sie verreisten, aber dieses Mal noch intensiver und mit noch größerer Leidenschaft. Denn dies war ihre erste Reise ohne ihre Eltern. Bisher waren sie entweder zu viert oder zumindest mit ihrer Mutter oder ihrem Vater zusammen geflogen oder hatten einen von beiden vor Ort getroffen. Dieses Mal aber waren die Eltern zu Hause geblieben und hatten ihre Kinder allein ins Flugzeug gesetzt. Natürlich blieben die beiden nicht ohne Aufsicht. Dafür waren Finn mit seinen zwölf und Joanna mit ihren dreizehn Jahren noch zu jung. Sie besuchten ihren Onkel Thomas, den Bruder ihres Vaters, der seit fünfzehn Jahren mit einer Schwedin verheiratet war und in Stockholm lebte. Die beiden hatten einen Sohn in Finns Alter. Finn und Joanna hatten ihren Cousin seit drei Jahren nicht mehr gesehen, aber sie wussten, dass sie sich gut mit ihm verstanden, und freuten sich auf die gemeinsame Zeit mit ihm. Durch seinen deutschen Vater konnte Oscar recht gut Deutsch, was ihnen vor Ort sicher nützen würde, denn selbst Joanna, die sehr sprachbegabt war, verstand kein einziges Wort Schwedisch. Finn sowieso nicht, der tat sich generell mit Fremdsprachen sehr schwer.

Joanna überlegte gerade, welche Sehenswürdigkeit sie sich als Erstes anschauen wollte. Das Königsschloss oder …

»Ich will ins Nobel-Museum«, wurde sie von Finn in ihren Gedanken unterbrochen.

»Okay«, stimmte Joanna ihm zu. Sie fand das Museum auch interessant, in dem man nicht nur etwas über den Stifter des berühmten Alfred-Nobel-Preises erfahren konnte, sondern auch noch über alle Nobelpreisträger, die es jemals gegeben hatte. »Aber erst das Königsschloss!«

»Ja, gut.« Finn war einverstanden.

Er schaute wieder aus dem Fenster und fragte sich, wie wohl ihre Unterkunft sein würde. Sie hatten ihren Onkel und Oscar zwar schon mehrmals getroffen, aber immer nur in Deutschland. Zum ersten Mal statteten sie ihnen einen Besuch in Stockholm ab.

»Was gibt es in Schweden eigentlich Besonderes zu essen? Außer die Köttbullar, die man von IKEA kennt, meine ich«, fragte Finn.

Bestimmt hatte seine Schwester auch darüber etwas gelesen. Finn aß zwar – egal, welches Land sie gerade besuchten – überall am liebsten Burger, aber es interessierte ihn doch, was es Landestypisches zu essen gab. Obwohl er das meiste schon von zu Hause her kannte. Bei ihnen gab es eine solche Auswahl an italienischen, türkischen, griechischen, spanischen, thailändischen und anderen Restaurants und Imbissbuden aus aller Welt, dass ihn auf Reisen nichts mehr wirklich überraschen konnte. In Prag allerdings waren die Braten und Knödel schon eine Entdeckung gewesen, während Finn in Paris, mit seinen Schnecken, Muscheln, Algen und manchmal sogar Innereien, dann doch lieber zum Burger mit Pommes zurückgekehrt war. Hier in Schweden schien er schon wieder alles zu kennen, von ihren Besuchen in dem großen Möbelhaus.

»Vergammelten, stinkenden Fisch!«, antwortete Joanna auf Finns Frage.

Finn lachte laut los. Denn er dachte, Joanna hätte einen guten Witz gemacht.

Hatte sie aber nicht.

»Das stimmt wirklich«, schwor sie. »Surströmming heißt das, eine alte schwedische Spezialität. Hier!« Sie zeigte auf die Stelle in ihrem Reiseführer und las ihm vor: *»Er wird aus ausgewachsenen Ostseeheringen hergestellt. Dieser wird im Frühjahr gefangen und in Salzlake eingelegt, wo er zu gären beginnt. Etwa einen Monat vor dem Verkaufsstart wird der Fisch in Konserven verpackt, in denen sich der Gärprozess fortsetzt, so dass sich Boden und Deckel der Dosen wölben.«*

»Gären? Was heißt das?«, fragte Finn.

Joanna grinste.

»Verfaulen! Man lässt den Fisch verfaulen. Wenn man die Dose öffnet, stinkt es erbärmlich. Es kann sogar passieren, dass die Dosen beim Öffnen fast explodieren. Viele müssen sich übergeben, wenn sie so eine Dose öffnen.«

Finn riss entsetzt die Augen auf.

»Das glaube ich nicht. Die essen wirklich stinkenden, verfaulten Fisch? Die spinnen, die Schweden. Onkel Thomas wird uns doch hoffentlich so etwas nicht anbieten?«

»Wer weiß?«, sagte Joanna und verkniff sich ein Lachen. Natürlich würde sie ebenso wenig wie Finn je so etwas essen und hoffte auch, dass Onkel Thomas sie damit verschonen würde. Aber es hatte eben seinen Reiz, den kleinen Bruder ein bisschen zu necken.

Finn nahm sich vor, bei passender Gelegenheit Oscar zu fragen, ob er so etwas Ekliges schon mal gegessen hatte. Er selbst würde sich lieber möglichst schnell nach einem guten Burger-Restaurant umschauen. McDonald's oder so gab es bestimmt auch in Stockholm.

Der Flughafen von Stockholm war klein, düster und lag

weit außerhalb der Stadt. Aber Finn und Joanna wurden von ihrem Onkel und Oscar abgeholt.

Die beiden erwarteten sie am Ausgang. Onkel Thomas hatte sich einen Vollbart wachsen lassen, sodass Finn und Joanna zweimal hinschauen mussten, bis sie ihn erkannten. Ansonsten sah er aber zum Glück aus wie immer: braune Cordhosen, feste Schuhe, als wollte er sie zu einer Wanderung abholen, passend dazu eine wetterfeste Wanderjacke. Oscar hatte sich seit ihrem letzten Treffen viel stärker verändert. Er trug angesagte Sneakers, Hoody, Wollmütze und eine Allover-Jogginghose. Er hätte ohne Weiteres direkt vom Flughafen aus mit einer Hip-Hop-Gruppe auf die Bühne steigen können. Auch bewegte er sich in dem typisch schaukelnden Gang, als er auf sie zukam, um sie zu begrüßen.

»Hey!«, rief er Finn und Joanna zu. »Schön, dass ihr da seid!«

»Er freut sich schon seit Wochen darauf, euch Stockholm zu zeigen!«, verriet Onkel Thomas. »Und hat schon viele Pläne gemacht.«

»Echt?«, fragte Joanna lächelnd. »Das ist ja nett.«

Oscar wirkte geschmeichelt. Zumindest lief er ein klein wenig rot an, wie Finn bemerkte.

»Ich will das versunkene Schiff sehen!«, meldete Finn sogleich an.

»Klar!«, versprach Oscar. »Aber ich hab noch bessere Sachen: viele Comicläden zum Beispiel. Mögt ihr Comics?«

»Ja!«, rief Finn begeistert.

»Nö!«, bekannte Joanna, was bei Oscar sofort eine betrübte Miene hervorrief.

»Echt nicht?«, fragte er enttäuscht. »Okay … Äh … Was magst du denn? Ich dachte …?«

Finn seufzte.

Auf jeder Reise lernten sie irgendwelche Jungs kennen, die seine Schwester anhimmelten und ihr alles recht machen wollten – das kannte er schon. Aber Oscar würde doch nicht auch so sein? Er war schließlich ihr Cousin! Finn hoffte, dass Oscar sich nicht nur darauf freute, Joanna »seine« Stadt zu zeigen, sondern ihnen beiden.

Die Fahrt vom Flughafen in die Stadt dauerte eine Dreiviertelstunde, und während der langen Fahrt überlegten die drei gemeinsam, was sie in den nächsten Tagen unternehmen wollten.

Finn hob seinen Fuß und drehte ihn so, dass die Sohle seines Schuhs nach oben zeigte. Sie hatte ein großes Loch.

»Mit den Schuhen gehst du auf Reisen?«, meckerte Joanna.

»Das hab ich auch eben erst im Flugzeug bemerkt«, verteidigte sich Finn. »Ich glaube, ich muss mir neue kaufen! Ich wollte ja sowieso schon lange neue Sneakers. Das ist eine gute Gelegenheit!«

»Spinnst du?«, widersprach Joanna. »Das ist eine ganz schlechte Gelegenheit! Wir haben doch gar nicht genug Geld dabei!« Natürlich hatten die Kinder Taschengeld für ihren Aufenthalt mitbekommen. Aber so viel, dass da locker ein Paar neue Schuhe drin wären, war es nun auch wieder nicht. Zumal sie wusste, dass Finn sich auch nicht irgendwelche Schuhe kaufen würde. »Wer soll die bezahlen?«

Finns Gesichtszüge verfinsterten sich.

»Aber mein Schuh!« Noch einmal zeigte er auf das Loch in seiner Sohle.

»Kein Problem!« Onkel Thomas lachte. »Ich lege das Geld aus.«

Finn freute sich.

Joanna verzog die Mundwinkel und schüttelte den Kopf, was heißen sollte: Da hätte Finn wirklich zu Hause mal auf seine Sachen achten können.

»Wir können zu Fuß in die Einkaufszone gehen«, sagte Oscar. »Auf dem Weg kommen wir sogar am Königspalast vorbei. Den wolltet ihr doch sowieso sehen!«

Nun hellten sich Joannas Gesichtszüge wieder auf.

Während Finn beim Stichwort *König* die schwedische Währung einfiel: Schwedische Kronen.

»Kann man da auch Geld tauschen? Wir haben nur Euro dabei«, fragte er.

»Eigentlich braucht man in Schweden gar kein Bargeld«, erklärte Onkel Thomas. »Man zahlt hier alles mit Kreditkarte.«

Joanna und Finn schauten sich verdutzt an.

»Wir haben keine Kreditkarten. Wir sind Kinder!«, stellte Joanna klar.

»Ich auch nicht«, erläuterte Oscar. »Genau genommen benutzen in Stockholm nur noch Kinder Bargeld. Alle Erwachsenen zahlen mit Karte.«

»Cool!«, fand Finn.

»Cool?«, hakte Joanna argwöhnisch nach.

»Dass nur Kinder echtes Geld haben«, erklärte Finn. »Ist ja fast wie in einer Kinderstadt!«

»Aber es wird kein Problem sein, das Geld umzutauschen«, versprach Onkel Thomas.

Finn schaute aus dem Auto auf eine normale, moderne

Großstadt, so wie er sie auch von zu Hause kannte. Das änderte sich allerdings, kurz bevor sie ihr Ziel erreichten. Denn Onkel Thomas wohnte mit seiner Familie in Gamla Stan, der Altstadt-Insel von Stockholm. Sie kamen am Hauptbahnhof vorbei, bogen nach einer Linkskurve rechts auf eine Brücke und fuhren – ein Stückchen parallel zu den Fernzügen – hinüber auf die Insel. Finn kam es schon nach dem ersten Augenschein vor, als würde sie ausschließlich aus Häusern bestehen, die er bisher nur aus historischen Filmen kannte. Er wusste gar nicht, wo er zuerst hingucken sollte. Ein Gebäude war hübscher als das andere, als hätte ein Riese sich eine schöne Modelleisenbahn-Landschaft gebaut. Die Straßen wurden schmaler, manche durften gar nicht mit dem Auto befahren werden, in anderen schloss sich das ohnehin von selbst aus, so eng waren sie.

Auf einem kleinen Platz hielt Onkel Thomas endlich an und verkündete: »Wir sind da!«

Finn und Joanna stiegen aus und schauten auf ein Haus aus dem 18. Jahrhundert.

»Hier wohnen wir!« Oscar zeigte auf die Fenster in der zweiten Etage.

»Cool!«, fand Finn.

»Und das Beste …«, ergänzte Oscar. »Von hier aus können wir fast alle Sehenswürdigkeiten leicht erreichen. Durch ganz Gamla Stan kann man wunderbar zu Fuß gehen.«

»Klasse!«, kommentierte Joanna.

Und auch Onkel Thomas freute sich, dass er die Kinder nicht zu jedem Ort, den sie besuchen wollten, hinfahren musste.

Oscar drehte sich einmal um sich selbst, während er nacheinander in die verschiedenen Richtungen zeigte: »Dort entlang Königsschloss und Nobel-Museum, dort hinten sind die Schiffsanleger. Von da können wir mit dem Schiff zum Vasa-Museum fahren und nach Junibacken.

»Super!«, freuten sich Finn und Joanna gleichzeitig. Finn meinte damit das Vasa-Museum, in dem man ein altes Schiff besichtigen konnte, Joanna hatte an Junibacken gedacht, das kleine »Kinderparadies«, in dem eine Ausstellung der Werke von Astrid Lindgren zu sehen war.

Eine gruselige Entdeckung

Eine Stunde nach ihrer Ankunft machten sich Finn, Joanna und Oscar auf den Weg in die Einkaufsstraße. Sie gingen am Königsschloss vorbei und näherten sich über die Riksbron-Brücke dem dahinterliegenden, imposanten historischen Gebäudekomplex Rosenbad, in dem der Ministerpräsident von Schweden residierte und das Parlament tagte. Genau an der Ecke des Gebäudes entdeckte Finn eine kleine, ganz unscheinbare Besonderheit: eine kaum einen Meter hohe Statue, die – von den meisten Passanten übersehen – wohl einen Bären darstellte; vielleicht aus einem schwedischen Märchen, wie Finn zunächst vermutete.

Doch Oscar kannte diese kleine Statue.

»Das ist kein Bär, sondern ein Fuchs: der Hemlös Räv!«, erklärte er. »In Lumpen und alte Decken gehüllt, sitzt der Fuchs da wie ein Bettler.«

Auf dem Schoß des großen Fuchses lugte ein kleiner Babyfuchs aus den vielen Stoffschichten heraus.

»Der Fuchs soll daran erinnern, dass es auch in Schweden viele Obdachlose gibt, denen man helfen soll«, erklärte Oscar weiter.

»Das finde ich gut«, kommentierte Joanna. Und zeigte kurz darauf auf einen Mann, der an eine Hausmauer gelehnt auf der Straße hockte. Sie hatten die Altstadt verlassen, und es war, als wären sie nun in eine völlig andere Stadt eingetaucht. Außer den Aushängen in den Schaufenstern in schwedischer Sprache deutete nichts darauf hin, dass sie in Stockholm waren. Man hätte auch in einer x-beliebigen Einkaufsstraße einer x-beliebigen anderen Stadt Westeuropas sein können.

Hier saß der Mann zusammengekauert, fast als hätte er als Vorbild für die Statue gedient. Ebenfalls in Lumpen gehüllt.

»Seht mal den da! Wollen wir ihn fragen, was er braucht?«, schlug Joanna vor.

»Was soll der schon brauchen?«, entgegnete Finn. »Geld natürlich. Wir haben aber noch nichts umgetauscht!«

Joanna verzog das Gesicht und ärgerte sich, dass sie noch keine Schwedischen Kronen bei sich hatten. Gern hätte sie dem Obdachlosen etwas gegeben.

»Bei den Obdachlosen kann man auch mit Kreditkarte spenden«, erzählte Oscar, was Finn gar nicht glauben konnte.

»Wie? Dafür braucht man doch so einen Zahlautomat?«

Oscar nickte.

»Ja, diejenigen, die die Obdachlosenzeitung verkaufen, haben solche Automaten.«

»Irre!«, fand Finn. »Nützt uns aber nichts. Denn Kreditkarten haben wir auch nicht.«

»Ich frag ihn trotzdem, ob wir ihm helfen können«, sagte Joanna entschieden. »Wir können ja Geld tauschen und ihm auf dem Rückweg etwas geben.«

»Gute Idee!«, stimmte Finn ihr zu.

Und sie gingen zur anderen Seite der Fußgängerzone hinüber.

Oscar übernahm es, den Mann auf Schwedisch zu fragen.

Aber der antwortete nicht. Mehr noch, er würdigte die Kinder nicht einmal eines Blickes. Sein Kopf war nach vorn auf die Brust gesunken. Er schien in tiefen Schlaf gefallen zu sein.

»Bestimmt betrunken«, mutmaßte Finn.

Doch Oscar widersprach.

»Im Vergleich zu Deutschland ist Alkohol hier sehr, sehr teuer«, erklärte er. »Bestimmt das Dreifache oder so. Und man bekommt Alkohol auch nur in Läden, die eine Sondergenehmigung besitzen. Ich glaube, Obdachlose können sich kaum Alkohol leisten.«

Finn zuckte nur mit den Schultern. Dann war der Mann eben einfach nur total müde. Er wollte den Mann schlafen lassen und weiterziehen.

Doch Joanna hielt ihn zurück.

»Warte mal kurz!« Sie ging auf den Obdachlosen zu und tippte ihn sachte gegen den Arm. »Hallo?«

»Lass ihn doch!«, forderte ihr Bruder sie auf.

»Und wenn der gar nicht schläft, sondern etwas mit ihm ist?«, fragte Joanna.

Finn konnte sich nicht vorstellen, was das sein sollte.

»Na«, klärte Joanna ihn auf. »Ohnmächtig, bewusstlos, irgendwas mit dem Kreislauf oder so. Vielleicht braucht er einen Arzt?«

Sie tippte ihn nochmals an. Diesmal etwas fester.

Dann noch einmal.

Und ein viertes Mal. Da wollte sie ihn schon richtig rütteln. Doch mit einem Mal kippte der Mann einfach zur Seite weg und blieb leblos liegen.

»Ach du Scheiße!«, entfuhr es Joanna.

Auch Finn und Oscar wurden bleich.

»Glaubst du, er ist …?« Finn wagte es gar nicht auszusprechen.

Joanna nickte nur stumm. Dann sagte sie: »Wir müssen die Polizei verständigen!«

»Vor dem Parlament stehen immer Wachen!«, sagte Oscar. Das waren keine zwei Minuten Fußweg.

»Gute Idee!«, lobte Joanna.

Die drei rannten, so schnell sie konnten, los.

Oscar hatte recht gehabt. Kurz darauf standen sie vor einem der Polizisten, die vor dem Parlamentsgebäude Wache schoben. Aufgeregt brabbelte Oscar auf ihn ein und berichtete, dass sie eine Leiche entdeckt hatten. Aber statt sofort zu handeln, schaute der Polizist Oscar argwöhnisch und streng an und antwortete etwas, was wie eine Ermahnung klang.

»Was ist?«, fragte Joanna. »Was sagt er? Was wollen sie tun?«

»Er glaubt uns nicht so recht«, übersetzte Oscar.

Finn seufzte. ›Oh nein!‹, dachte er. ›Nicht auch noch das!‹ Er wusste, was geschehen konnte, wenn man Joanna nicht glaubte. Und prompt kam es so, wie er befürchtet hatte.

»Waaas?«, entfuhr es Joanna. Ihre Stimme nahm gleich einen bedrohlich schrillen Tonfall an. »ER KANN DIE LEICHE DOCH SELBST SEHEN. Nur ein paar Hundert Meter von hier!«

Joanna zeigte aufgebracht in Richtung Einkaufsstraße.

»Er darf hier nicht fort«, übersetzte Oscar.

»Was soll das denn heißen? Ein Polizist darf sich nicht drum kümmern, wenn ein Toter auf der Straße liegt?«, ereiferte Joanna sich.

»Doch«, widersprach Oscar. Und weil Joanna so laut geworden war, traute er sich kaum, das zu übersetzen, was ihm der Polizist noch gesagt hatte. Stotternd versuchte er es trotzdem: »Er darf seinen Posten nicht verlassen wegen … eines … äh … Kinderstreiches!«

Joanna lief vor Wut rot an.

»Oder eines unbegründeten Verdachts!«, fügte Oscar schnell hinzu, weil er glaubte, das würde Joanna ein klein wenig beruhigen. Aber »unbegründeter Verdacht« fand Joanna fast noch schlimmer als »Kinderstreich«. Ein »Streich« bedeutete nur eine Fehleinschätzung des Polizisten. Aber »unbegründet« hieß doch: »Will er damit sagen, wir lügen, oder was?«

Oscar war es schon sichtlich peinlich, wie sehr sich Joanna gegenüber dem Beamten aufregte. Auch Finn sah verlegen beiseite.

»DA LIEGT EIN TOTER!«, brüllte sie den Polizisten jetzt auf Deutsch an. Dann auf Englisch: »A man was killed! On the street!«

Und weil es ausgerechnet in dieser Einkaufsstraße im Jahr 2017 einen furchtbaren Terroranschlag mit einem Lkw gegeben hatte, bei dem fünf Menschen ums Leben gekommen und vierzehn weitere verletzt worden waren, drehten sich die ersten Vorübergehenden mit besorgten Mienen zu der kleinen Szene um.

Endlich reagierte der Polizist. Er gab den Kindern zu verstehen, dass er jetzt mitkommen würde, aber dass die Kinder etwas erleben könnten, wenn ihre Aussage sich als falsch erweisen würde!

Es dauerte trotzdem weitere gut fünf Minuten, ehe sie endlich dort ankamen, wo die Kinder den toten Obdachlosen entdeckt hatten.

Und überrascht feststellten: Die Leiche war verschwunden!

Joanna konnte es nicht fassen.

Der Polizist hingegen fühlte sich bestätigt und hielt den Kindern eine gehörige Standpauke. Solche Scherze dürfe man sich nicht erlauben, schimpfte er. Und als er gerade damit zu drohen begann, alles den Eltern der Kinder zu erzählen, und sogar eine Strafanzeige wegen Irreführung der Polizei in Erwägung zog, meldete sich zum Glück ein Passant zu Wort, der die lautstarke Strafpredigt mitbekommen hatte. Er habe den Obdachlosen hier sitzen sehen und auch beobachtet, wie die Kinder ihn angesprochen und der nicht reagiert hatte. Nur weil die Kinder dann sofort losgelaufen seien, um Hilfe zu holen, habe er nichts weiter unternommen und sei ins Geschäft zum Einkaufen gegangen.

Der Polizist beruhigte sich ein wenig. Was Joanna wiederum sehr ärgerte. Das sei wieder typisch!, sagte sie später zu Finn. Wenn Kinder etwas meldeten, glaubte ihnen niemand. Erst wenn ein Erwachsener die Aussage bestätigte, wurde man ernst genommen.

»Und wo ist der tote Obdachlose jetzt?«, fragte der Polizist.

Das vermochte der Passant allerdings auch nicht zu sagen. Als er wieder aus dem Laden herausgekommen war, hatte der Obdachlose nicht mehr dort gelegen.

»Also war er nicht tot?«, hakte der Polizist mit einem strengen Seitenblick auf die Kinder nach.

Der Passant zuckte mit den Achseln. Das könne er nicht sagen. Aber wie sollte ein Toter wohl verschwinden?

Der Polizist räumte nun ein, dass er den Kindern »vielleicht ein bisschen« unrecht getan habe. Offenbar hätten die Kinder sich keinen Scherz erlaubt, sondern die Lage nur falsch eingeschätzt, indem sie einen schlafenden Obdachlosen für tot gehalten hatten.

»Dann will ich es mal bei einer mündlichen Verwarnung belassen«, verkündete er großmütig. Und ging.

Finn fiel ein Stein vom Herzen. Auch Oscar atmete tief durch. Nur Joanna war überhaupt nicht einverstanden. Sie öffnete den Mund zum Widerspruch, doch schnell legte Finn ihr seine Hand auf den Mund.

»Pst!«, zischte er ihr zu. »Willst du noch mehr Ärger mit dem Polizisten? Sei doch froh, dass wir so glimpflich davongekommen sind.«

Joanna schlug seine Hand fort.

»Glimpflich?«, schimpfte sie. »Das nennst du glimpflich?«

Oscar sprang Finn zur Seite.

»Ja!«, sagte er entschieden. »Was glaubt du denn? Wenn er meine Eltern angerufen hätte, dann hätte mein Vater sofort eure Eltern informiert. Und dann?«

»Dann wären unsere Eltern entweder sofort hergekommen oder hätten uns zurück nach Hause gerufen«, beendete Finn Oscars Gedanken.

Joanna kniff die Lippen zusammen. Die Jungs hatten recht. Das gab sie mit ihrer Miene zu. Trotzdem war ihre Wut noch lange nicht verflogen.

»Von wegen: Er hat uns ein *bisschen unrecht* getan«, wiederholte sie die ihrer Meinung nach viel zu lauwarme Entschuldigung des Polizisten. »Wir sind doch nicht blöd: Der Obdachlose hat eindeutig nicht mehr gelebt!«

Oscar zog die Stirn kraus: »Bist du dir da ganz sicher? Ich glaube, es ist echt schwer, zu erkennen, ob jemand wirklich tot ist, oder?«

»Natürlich bin ich mir sicher!«, meckerte Joanna. »Ihr habt den Mann doch selbst gesehen, wie der leblos zur Seite gekippt ist.«

»Aber Tote können nicht weggehen«, gab Finn zu bedenken. »Und er war nicht mehr da. Wir waren doch nach wenigen Minuten zurück. Wenn ihn jemand weggetragen hätte, das hätte doch länger gedauert!«

»Und das hätte jemand gesehen«, ergänzte Oscar.

Joanna musste zugeben, dass sie diesen Feststellungen nichts entgegenzusetzen hatte.

Aber auch, dass der Mann aufgestanden und weggegangen war, habe niemand gesehen, entgegnete sie und blieb dabei: »Ich sage euch, der Mann war tot. Jemand muss ihn beiseitegeschafft haben!«

Finn verdrehte die Augen.

»Oh Mann, Joanna. Immer, wenn wir irgendwo hinfahren, hörst du die Flöhe husten!«

»Flöhe husten?«, fragte Joanna gereizt zurück. »Es war ja wohl jedes Mal auch was!«

Das musste Finn kleinlaut einräumen.

Nur Oscar wusste nicht Bescheid.

»Was? Wieso? Was war denn?«

Finn warf Joanna einen Blick zu. Sie nickte.

»Na los! Erzähl's ihm!«

Finn verzog die Mundwinkel und berichtete in wenigen Worten, dass in Florenz ihr Vater entführt worden war, sie in Prag Drogendealern auf die Schliche gekommen waren, dass sie in Berlin einen Korruptionsskandal aufgedeckt und in Paris Tiere vor illegalen Pelzhändlern gerettet hatten.

»Wow!«, staunte Oscar. »Mit euch kann man ja richtig was erleben!«

»Ja, leider«, gab Finn zu.

»Und jetzt haben wir eine Leiche entdeckt!«, rief Oscar. »Wie in unseren international bekannten Schweden-Krimis für Erwachsene. Da gibt's auch immer Leichen!«

Für Finns Geschmack lag da deutlich zu viel Begeisterung in Oscars Stimme.

»Ich denke, du bezweifelst auch, dass der Mann tot war?«, fragte er.

Doch Oscar schränkte seine eigene Meinung nun ein.

»Aber wer weiß? Vielleicht hat Joanna ja doch recht? Wir sollten das überprüfen!«

Auf Joannas Gesicht zeigte sich ein breites Lächeln.

»Das sehe ich genauso!«

Nur Finn war entsetzt.

»Überprüfen?«, rief er aufgebracht. »Was soll das denn heißen?«

»Das heißt: Wir haben einen neuen Fall, Bruderherz!«

Oscar ballte die Hand zur Siegerfaust.

»Yes!«

»Na toll!«, schnaufte Finn und schüttelte fassungslos den Kopf.

Eine erste Spur

»Als Erstes sollten wir den Tatort nach Spuren untersuchen!«, schlug Oscar vor.

»Tatort?« Finn stutzte. »Eben noch waren wir einer Meinung, dass der Obdachlose nur geschlafen hat, und jetzt haben wir schon einen Tatort?«

»Der hat nicht geschlafen«, widersprach Joanna noch einmal. »Oscar hat recht.«

»Nee, ist klar!« Finn hatte begriffen. Wieder einmal hatte Joanna einen Verbündeten gefunden und er stand mit seiner Meinung allein da. Es hatte dann gar keinen Sinn, zu widersprechen. Das wusste Finn aus Erfahrung.

»Na gut«, seufzte er. »Suchen wir also nach Spuren.«

Obwohl Finn sich nur halbherzig umschaute, war er der Erste, dem etwas ins Auge fiel. Er bückte sich und hob eine Streichholzschachtel auf. »Seht mal!«

Joanna verzog die Mundwinkel. Sie glaubte nicht, dass das eine wirkliche Spur war.

»Eine Streichholzschachtel. Na und? Ist wenigstens eine Adresse aufgedruckt, von einem Restaurant oder so?«

Finn schüttelte den Kopf.

»Nö, einfach nur die Streichholzmarke: Swedish match. Finde ich ehrlich gesagt schon ungewöhnlich. Wer benutzt denn noch Streichhölzer? Man nimmt doch ein Feuerzeug, oder nicht?«

»Immerhin ein typisch schwedisches Produkt«, erläuterte Oscar ihnen. »Schweden hatte früher mal ein richtiges Monopol in der Streichholzproduktion. Aus diesem Konzern sind auch die Swedish match hervorgegangen. Es gibt in Stockholm ein Gebäude, das immer noch Streichholz-Palast genannt wird. Dort war früher der Firmensitz des Streichholz-Fabrikanten. Das hatten wir mal in der Grundschule. Ist aber langweilig und gar kein richtiger Palast. Nur ein Bürogebäude.«

»Egal!«, fand Finn. »Ist trotzdem ein Souvenir.« Er öffnete die Schachtel. »Und voll ist sie auch noch. Nehme ich auf jeden Fall mit!«

»Ist ja toll!«, bemerkte Joanna verächtlich. »Können wir jetzt mal nach richtigen Spuren suchen?«

»Mach doch!«, gab Finn schnippisch zurück.

Doch mehr fanden sie nicht. Der Platz, an dem der Obdachlose gesessen hatte, war leer. Bis auf diese eine Streichholzschachtel, von der sie nicht einmal wussten, ob sie wirklich dem Obdachlosen gehört hatte.

»Lasst uns mal annehmen, der Mann war wirklich tot«, begann Joanna von Neuem, was ihr sofort die Aufmerksamkeit von Oscar, aber nur eine genervte Miene von Finn einbrachte. »Dann stellt sich doch die Frage: Ist er hier im

Sitzen gestorben, oder war er schon tot und hier wurde nur seine Leiche abgelegt?«

Finn tippte sich mit dem Zeigefinger gegen die Stirn.

»Meinst du, jemand bringt eine Leiche hierher, lässt sie hier eine Weile sitzen, und kaum entdecken wir sie, holt dieser Jemand die Leiche wieder ab? Das ist doch vollkommen dämlich!«

»Du meinst also, der Mann wurde hier umgebracht?«, entgegnete Joanna.

»Umgebracht?«, quiekte Finn auf. »Wieso denn plötzlich umgebracht? Wieso kann er nicht einfach so gestorben sein: Herzinfarkt oder so?«

»Weil ihn dann niemand heimlich weggetragen hätte«, schlussfolgerte Joanna. »Jeder, der ihn gefunden hätte, hätte nach Hilfe gerufen, so wie wir, als wir ihn entdeckt haben. Es ist völlig klar: Irgendjemand wusste vor uns, dass er tot war. Und als wir ihn entdeckt haben, wurde er schnell fortgeschleppt.«

»Unlogisch!«, gab Finn zurück. »Wenn jemand eine Leiche hier öffentlich ablegt, dann will er doch, dass sie entdeckt wird. Und trägt sie nicht wieder heimlich weg.«

»Richtig!«, stimmte Joanna zu. »Und deshalb stimmt vermutlich meine Theorie: Jemand hat den Mann hier umgebracht, wurde von uns gestört, hat dann die Gelegenheit genutzt, die Leiche mitzunehmen, als wir kurz weg waren.«

»Wer bringt denn einen Obdachlosen um? Einfach so? Auf offener Straße? Und dann auch noch unbemerkt von allen Leuten hier!«, fragte Finn. »Und irgendwelche Verletzungen hattest du an ihm doch auch nicht entdeckt, oder?«

»Nein!«, antwortete Joanna ehrlich.

»Es gibt nur eine Erklärung!«, beharrte Finn. »Der Mann hat doch nur geschlafen, ist dann aufgewacht und fortgegangen.«

»Der war tot«, behauptete Joanna weiterhin felsenfest, schlug dann aber vor: »Okay. Wenn er nur weggegangen ist, dann finden wir ihn ja vielleicht in der Nähe. Möglicherweise sitzt er nur ein paar Straßenecken weiter.«

»Und wir könnten die Ladenbesitzer befragen«, ergänzte Oscar. »Leute, das wird ein richtiger Kriminalfall!«

»Hoffentlich nicht«, sagte Finn, war aber mit dem Vorschlag einverstanden.

So zogen die drei los, um zunächst einmal die Seitenstraßen in der Umgebung abzusuchen. Vergeblich. Von dem Mann keine Spur. Sie sahen überhaupt keine Obdachlosen!

»Gibt's hier denn welche?«, fragte Finn nach einiger Zeit. »Ich meine, wenn die hier schon extra mit einer Statue auf die Wohnungslosen hinweisen. Aber ich sehe gar keine!«

»Vermutlich haben die woanders ihre Orte, an denen sie sich aufhalten«, sagte Joanna. »Hier ist zwar die Einkaufsstraße, aber so dicht am Parlamentsgebäude und so nah hinter dem Königspalast will man sie hier bestimmt nicht haben.«

»Kann sein«, sagte Oscar. »So genau weiß ich das nicht. Ich glaube, viele halten sich beim Hauptbahnhof auf. Fest steht: Der, den wir suchen, ist nicht hier.«

»Also gehen wir Leute befragen, oder?«, schlug Joanna vor.

Finn war eigentlich dagegen. Er wollte mit dem Fall, der vermutlich gar keiner war, nichts zu tun haben. Aber er wusste, dass er sich gegen seine große Schwester und Oscar sowieso nicht durchsetzen konnte. Also trottete er den beiden hinterher, die jetzt systematisch einen Laden nach dem anderen aufsuchten. Zum Glück sprach Finn kein Schwedisch. So konnte er sich schön zurückhalten und Oscar reden lassen.

Nur, viel weiter kamen sie nicht. Denn die meisten Läden in unmittelbarer Nähe waren Kaufhäuser, allesamt mit Schaufenstern, durch die man gar nicht nach draußen sehen konnte. Außerdem hatten die Verkäufer im Inneren der Läden zu viel zu tun, um das Treiben auf der Straße zu beobachten. Deshalb gaben Oscar und Joanna es bald auf, in den Kaufhäusern nachzufragen, und suchten nur noch drei, vier kleinere Läden auf, in denen sie aber ebenso erfolglos waren. Niemand hatte den Obdachlosen bemerkt. Von den Passanten, die ihn gesehen haben konnten, war natürlich keiner mehr da. Dafür huschten die Menschen im täglichen Alltagstrubel zu schnell vorbei.

»Das hab ich sogar im Stadtführer gelesen«, erzählte Joanna. »Dass die Stockholmer es immer sehr eilig haben.«

»Ja?«, fragte Oscar. »Das ist mir noch nicht aufgefallen.«

Joanna musste zugeben, dass es ihr bislang auch so gegangen war. Trotzdem blieb das Ergebnis: Sie konnten niemanden mehr fragen. Es gab keinen Augenzeugen, der mitbekommen hätte, wie der Obdachlose – lebend oder tot – von seinem Platz verschwunden war.

»Gehen wir endlich Schuhe kaufen?«, wagte Finn nun zu fragen. Und hätte mit der positiven Antwort gar nicht mehr gerechnet.

»Okay!«, stimmte seine Schwester überraschend zu. »Erledigen wir wenigstens das, wozu wir eigentlich hergekommen sind.«

Am Abend dann, zu Hause, war eigentlich auch nur Finn richtig zufrieden. Er hatte neue Sneakers gefunden, die ihm außerordentlich gut gefielen. Joanna hingegen saß in einer Ecke von Oscars Zimmer und grübelte darüber nach, was sie als nächsten Schritt unternehmen sollten. Der Fund der Leiche – und für Joanna handelte es sich nach wie vor um einen Toten – ließ ihr einfach keine Ruhe. Oscar konnte es kaum erwarten, dass Joanna etwas einfiel. Er selbst hatte nämlich keine Idee, wollte die Sache aber auch nicht auf sich beruhen lassen. Seinen Eltern hatten sie nichts von ihrem Erlebnis erzählt. Darauf hatten sich die drei schnell einigen können. Es war, wie Oscar gesagt hatte: Würden sie von ihrem Leichenfund berichten, wären die Erwachsenen aufgebracht. Onkel Thomas würde Joannas und Finns Eltern anrufen und vielleicht durften sie dann ab sofort nicht mehr ohne Aufsicht durch die Stadt laufen.

»Mann!«, nörgelte Finn. »Seid ihr langweilig. Lasst uns doch mal lieber den morgigen Tag planen!«

»Das tun wir doch!«, widersprach Joanna.

Finn seufzte und setzte sich im Schneidersitz auf den Boden. Das hatte er mit Planung allerdings nicht gemeint.

»Ich meinte, wollen wir morgen ins Nobel-Museum? Das möchte ich auf jeden Fall sehen.«

»Kommt drauf an, welcher Spur wir morgen nachgehen und wie viel Zeit das beansprucht«, stellte Joanna klar.

»Oh Mann!«, stöhnte Finn. »Ganz bestimmt vertrödle ich nicht meine Zeit, um irgendeiner Phantomleiche hinterherzulaufen. Ich will etwas sehen von Stockholm.«

Er schüttete die Streichholzschachtel, die er zuvor gefunden hatte, vor sich auf dem Holzfußboden aus. Vielleicht ließ sich aus den Streichhölzern etwas Gutes bauen? Das wäre immerhin besser, als seiner Schwester beim Grübeln zuzusehen. Nachdem er alle Streichhölzer ausgekippt hatte, legte er die Schachtel zurück und stutzte.

»Das ist ja merkwürdig.«

»Was?« Joanna schaute nur kurz zu ihrem Bruder hinüber.

»Dass der Strichcode der Streichholzschachtel innen ist«, überlegte Finn laut. Er hielt die leere Schachtel zur allgemeinen Ansicht kurz in die Höhe. »Das ergibt doch gar keinen Sinn. Wenn die Schachtel voll ist, kommt man an den Strichcode nicht heran. Wenn sie leer ist, wen interessiert dann noch der Strichcode?«

Joanna merkte auf.

»Zeig mal!«

Finn warf die Schachtel zu ihr hinüber.

Auch Oscar, der an seinem Schreibtisch saß und sich im Internet nach den Preisen für Bootsfahrten und deren Abfahrtszeiten umgesehen hatte, unterbrach seine Recherche und drehte den Kopf zu Joanna.

»Ist das bei euch üblich, Oscar?«, fragte Joanna ihn.

Oscar musste einen Moment überlegen, was Joanna meinte, dann begriff er und verneinte. Joanna drehte die Streichholzschachtel in ihrer Hand und murmelte leise vor sich hin: »Äußerst merkwürdig. Was kann das bedeuten?«

»Ich hab eine Idee!«, verkündete Finn.

Doch statt sie auszusprechen, holte er sein Smartphone aus der Jackentasche.

Triumphierend hielt er es in die Höhe und rief: »Ich hab 'ne App, die Strichcodes lesen kann.«

»Hab ich auch.« Joanna winkte gelangweilt ab. »Aber bei Strichcodes, die auf Waren aufgedruckt sind, funktioniert die nicht. Nur bei Strichcodes auf Plakaten oder so.«

»Weiß ich«, stimmte Finn ihr zu. »Aber ich glaube nicht, dass das ein Preisschild ist.«

Er scannte den Code. Die App stellte eine Verbindung zum Internet her. Und Finn rechnete schon damit, dass die APP »unlesbar« oder »unbekannt« melden würde, da ertönte ein kurzer Piepton und Finn rief: »Erkannt! Die App hat etwas gefunden.«

Finn drückte die Taste, über die man nähere Informationen zum Inhalt des Strichcodes bekommen sollte. Erneute Verbindung zum Internet und plötzlich …

»Ein Foto!« Finn hielt den anderen beiden sein Smartphone entgegen. »Es zeigt ein Foto vom Eingang des Nobel-Museums!«

Joanna und Oscar sahen sich verdutzt an. Dann sprang Joanna auf und entriss ihrem Bruder das Smartphone, um sich das Bild genauer anzuschauen. Aber sie konnte nichts Außergewöhnliches darauf entdecken.

Oscar blickte ihr über die Schulter.

»Eine Eintrittskarte fürs Museum ist es jedenfalls nicht. Spiel mir das Foto mal auf meinen PC«, schlug er dann vor. »Da können wir es größer sehen.«

Finn übertrug es per Bluetooth auf den PC, Oscar öffnete das Foto auf volle Bildschirmgröße. Auf den ersten Blick sah man auch jetzt einfach nur die Frontfassade des Nobel-Museums, aber dann glaubte Finn doch noch etwas mehr darauf zu erkennen.

»Ist das auf deinem Monitor oder auf dem Foto?«, fragte er.

Oscar wusste erst gar nicht, was Finn meinte. Auf seinem Monitor war jedenfalls nichts. So viel wusste er.

Und dann sah er es auch: sehr feine, fast transparente Linien.

»Ist das ein … Wasserzeichen?«, fiel Joanna als Erstes ein.

Oscar wechselte in den Bearbeitungs-Modus seiner Foto-Software. Sie verfügte über eine Funktion, mit der man Wasserzeichen in Fotos einfügen, daraus entfernen oder bearbeiten konnte. So war es möglich, sie damit zunächst einmal in purem Zustand – ohne Foto – sichtbar zu machen. Ein Klick, und das komplette Wasserzeichen erschien freigestellt deutlich sichtbar auf dem Bildschirm. Es war eine zwölfstellige Zahlen-Buchstaben-Kombination, mit der allerdings keiner der drei etwas anfangen konnte.

»Eine Telefonnummer ist es nicht«, stellte Oscar fest. »Jedenfalls keine aus Stockholm oder Schweden.«

»Auch keine Handynummer?«, fragte Finn.

Oscar schüttelte den Kopf. »Nee, solche Nummern gibt es nicht.«

»Was ist es dann?«, fragte Joanna. »Eine Safe-Kombination?«

»So lang?« Das konnte Finn sich nicht vorstellen.

Was aber sollte es sonst sein? Ein verschlüsselter Code vielleicht? Dann jedoch erinnerten sie sich wieder daran, wo sie den Code gefunden hatten: im Inneren einer Streichholzschachtel, die wahrscheinlich einem Obdachlosen gehört hatte! Was sollte der mit geheimen Codes zu tun haben?

»Das ist genau der Punkt!«, behauptete Joanna. »Wir haben ja nicht irgendeinen Obdachlosen entdeckt, sondern einen Toten, dessen Leiche mit einem Mal spurlos verschwunden ist. Also muss diese Zahlenkombination eine wichtige Bedeutung haben. Wahrscheinlich hat man die Leiche nur weggebracht, weil man genau diesen Code bei ihr gesucht hat. Und ausgerechnet dieser Code ging beim Abtransport verloren und wir haben ihn gefunden!«

»Wahnsinn!« Oscar war von Joannas Theorie begeistert.

»Ja! Allerdings!«, sagte Finn. Auch er fand es *Wahnsinn*, meinte aber etwas anderes als Oscar. Während der wohl von »spannend« und »abenteuerlich« gesprochen hatte, lautete Finns Auslegung des Wortes eher: »vollkommen abgedreht« und »typische Spinnerei meiner Schwester«.

»Wie wollen wir jetzt weiter vorgehen?«, fragte Oscar voller Eifer.

»Hast du einen Bleistift und ein Stück Papier?«, fragte Joanna zurück.

Oscar hastete zu seinem Schreibtisch, kramte beides heraus und übergab es Joanna, die sich sofort ans Werk machte.

Oscar schaute fasziniert und aufgeregt zu. Er hatte keine Ahnung, was Joanna vorhatte; Finn schon. Er seufzte wieder einmal.

»Falls du vom heutigen Herumlaufen noch keine platten Füße hast, morgen bekommst du welche«, prophezeite er ihm.

Joanna hob kurz den Kopf, grinste ihren Bruder an und sagte: »Da könntest du recht haben, Bruderherz!« Dann schob sie sich wieder die Zunge zwischen die Lippen, senkte den Kopf und machte weiter.

»Was? Wieso?« Oscar verstand nun überhaupt nichts mehr.

Joanna ließ ihn zappeln, bis sie fertig war. Das dauerte nur wenige Minuten. Dann hielt sie ihr Werk in die Höhe.

Auf dem Papier war nun das mit Bleistift gezeichnete Porträt des toten Obdachlosen zu sehen.

»Wow!«, rief Oscar beeindruckt aus. »Das … das …« Er konnte sich kaum beruhigen. »Das ist genau der Obdachlose, den wir gesehen haben. Das sieht ja fast so echt aus wie ein Foto! Wie hast du das gemacht?«

»Unser Dad ist Kunstmaler. Irgendein Talent muss ich ja von ihm geerbt haben!«, antwortete Joanna bescheiden.

Zeichnen konnte sie! Das musste Finn ihr lassen.

»Kannst du das auch?«, fragte Oscar ihn sofort.

Finn verzog den Mund.

»Nee! Ich hab ein Fotohandy!«

»Ach ja, du Schlaumeier?«, fuhr Joanna ihn an. »Und hast du denn auch daran gedacht, von dem Mann ein Foto zu machen?«

Das hatte er natürlich nicht. Woher hätte er denn auch wissen sollen, dass der Obdachlose für sie so wichtig werden würde?

»Na, siehst du!«, triumphierte Joanna. »Aber ich kann ihn aus dem Gedächtnis zeichnen!«

»Ist ja auch sonst nicht allzu viel in dem Kopf!«, gab Finn zurück.

Oscar hingegen spendete frenetisch Beifall.

»Fantastisch!«, schwärmte er. »Einfach fantastisch!«

»Ja, ist ja gut«, murrte Finn. »Nun krieg dich mal wieder ein.«

»Auf jeden Fall können wir damit morgen noch mal herumfragen, ob den jemand kennt«, verkündete Joanna genau den Plan, den Finn bereits vorausgeahnt hatte.

»Aaaaah, ich verstehe!« Auf Oscars Gesicht erschien ein breites Lächeln.

Finn verzog das Gesicht und warf einen genervten Blick auf seine Schwester. Die Plattfüße am nächsten Tag waren ihnen sicher.

Eine neue Bekanntschaft

Am nächsten Tag machten die drei sich erneut auf den Weg zum »Tatort«, wie Joanna die Stelle nannte, an der der Obdachlose gesessen hatte. Dort fanden sie – nichts. Genau, wie Finn es sich bereits gedacht hatte. Das hielt Joanna allerdings nicht davon ab, reichlich Fotos von der Stelle aufzunehmen. Und zwar aus jeder nur erdenklichen Position und aus jedem Winkel.

»Was soll das bringen?«, fragte Finn.

Am Morgen waren sie bei strahlend blauem Himmel aufgewacht. Die Sonne hatte direkt in ihr Schlafzimmer geschienen, leider nur kurz. Die Straßen hier in der Altstadt Gamla Stan waren so eng, dass die Sonne nie für längere Zeit in ein Fenster scheinen konnte. Trotzdem hatte Finn sich darauf gefreut hinauszugehen und gehofft, sie würden die Suche nach dem Obdachlosen schnell aufgeben, um dann vielleicht zum Wasser zu laufen, ein Stückchen mit dem Schiff zu fahren und sich zum Beispiel endlich das

Museum mit dem versunkenen Schiff anzusehen. Stattdessen standen sie sich jetzt in der Fußgänger-Einkaufszone die Beine in den Bauch, warteten, bis Joanna meinte, alles fotografiert zu haben, und hatten mit der Befragung noch nicht einmal begonnen. Zu allem Überfluss hatten sich in der Zwischenzeit die Wolken zusammengezogen, die Sonne war dahinter verschwunden und es begann zu schneien! Im Frühling! Finn zog den Kragen hoch, schaute auf seine nagelneuen Sneakers, die für alles geeignet waren, aber bestimmt nicht, um damit durch matschigen Großstadtschnee zu latschen. Doch er wusste, er brauchte seine Schwester gar nicht erst zu fragen, ob man die blöde Befragung nicht auf später verschieben konnte. Die Menschen hasteten vorbei. Wer ein wenig Zeit hatte, stellte sich an einer der nahe gelegenen Imbissbuden unter oder verschwand in einem der kleinen Cafés, um schnell ein warmes Getränk zu sich zu nehmen oder einen leckeren Kanelbullar, eine Zimtschnecke, die als Nationalgebäck Schwedens galt und zu jeder kleinen Pause dazugehörte. Finn lief regelrecht das Wasser im Munde zusammen, als er daran dachte. Wie gern hätte er jetzt auch so einen Kuchen mit einem heißen Kakao gehabt. Stattdessen begann das Wasser in seine Schuhe zu sickern.

»Joanna! Wollen wir nicht …?«, setzte er an zu fragen.

Doch Joanna war schon ein paar Meter weitergelaufen, um einen Obdachlosen, der eiligst einen Unterstand suchte, aufzuhalten und ihm das selbst gezeichnete Bild zu zeigen. Der Obdachlose machte eine abwehrende Handbewegung, stieß Joanna beiseite und machte, dass er ins Trockene kam.

Finn konnte es dem Mann nicht verdenken.

Joanna aber ließ nicht locker. Sie ging auf die nächsten Passanten zu.

Doch jetzt wurde es offenbar selbst Oscar zu viel.

»Es hat keinen Sinn!«, jammerte er. »Bei dem Wetter schauen die Leute gar nicht auf das Bild. Wir müssen später weitermachen. Außerdem hab ich Hunger!«

»Ja, ich auch!«, fügte Finn schnell an.

Joanna verzog die Mundwinkel, stimmte dann aber widerwillig zu.

»Na, okay. Gehen wir was essen.«

»Ich hab Bargeld«, teilte Oscar den anderen mit. »Wollen wir Burger mit Pommes?«

»Ja!«, rief Finn begeistert.

Joanna dagegen zog die Stirn kraus. »Gibt's nicht irgendwas anderes?«

»Was denn?«, fragte Oscar zurück.

»Vergammelten Fisch!«, scherzte Finn.

Doch Oscar nahm das durchaus ernst.

»Wirklich?«, fragte er und schaute Joanna verwundert an. »Ihr mögt Surströmming?«

»Nein!«, wehrte Joanna entsetzt ab. »Auf gar keinen Fall!«

»Köttbullar?«, schlug Oscar vor.

Doch auch da winkte Joanna ab. »Kenn ich von IKEA. Dann können wir auch zu McDonald's.«

»Sag ich doch!«, beendete Finn die Debatte.

Oscar zog die Schultern hoch. Er hatte nicht verstanden, was jetzt das Problem war. Also zogen sie los zum nächsten McDonald's, wohin sie keine fünf Minuten zu Fuß brauchten.

Vor dem Laden stand ein ziemlich verwahrlost aussehendes Mädchen, das um ein paar Kronen bettelte. In ihren Haaren, die wahrscheinlich ursprünglich einmal blond gewesen waren, hatte sie zahlreiche farbige, schwarze und braune Strähnen, wobei die einzelnen Farben in den wild verknoteten und verfilzten Haaren kaum auszumachen waren. Über einem bunten löchrigen Pullover, der selbst gestrickt aussah, trug das Mädchen eine abgenutzte Lederjacke, deren Farbe irgendwo zwischen Schwarz und Schimmelgrün lag. Den vielen Löchern und Rissen in der wohl einst schwarzen Jeans war auf den ersten Blick anzusehen, dass sie kein Modegag waren, sondern im realen Leben entstanden sein mussten. Die makellose, nahezu porzellanartige Haut ihres Gesichtes allerdings strahlte fast weiß, was durch den dunklen Kajalstrich unter ihren Augen noch betont wurde. An den Händen trug sie goldene und silberne Ringe von beachtlicher Größe, die Finn sogleich an einen Piratenkapitän denken ließ. Trotz ihres engelhaften Lächelns erschien ihm das Mädchen sehr bedrohlich.

»Tut mir leid, ich hab nur Euros!«, entschuldigte sich Finn schnell und hoffte, damit hätte er sich das Mädchen vom Hals geschafft.

Doch das Mädchen antwortete: »Euro är väl.«

»Was?« Finn hatte kein Wort verstanden.

»Sie sagt, Euros sind gut!«, übersetzte Oscar.

»Sie hat mich verstanden?« Das hätte Finn nicht vermutet. Oscar bezweifelte es auch. »Ich glaube, sie hat nur Euro verstanden!«

›Piratenkapitän‹, dachte Finn. ›Ich sag's ja. Die mag jede Art von Edelmetall!‹

Das Mädchen ließ nicht locker, kam näher an Finn heran und streckte die Hand aus. »Har ni några pengar för mig? För livsmedel.«

»Hä?« Wieder verstand Finn nichts, aber ihre ausgestreckte Hand zeigte deutlich, sie wollte Geld.

Joanna schob ihren Bruder sachte beiseite, stellte sich vor das Mädchen, und statt ihr Geld zu geben, zeigte sie ihr die Zeichnung, die sie von dem Obdachlosen angefertigt hatte. »Kennst du den?«

»Vad?«

Oscar übersetzte, Joanna nickte und sprach Oscars Worte nach: »Vet du det?«

Das Mädchen wich einen Schritt zurück, schaute die drei Kinder misstrauisch an, zog die Stirn kraus und fragte etwas auf Schwedisch zurück, was Oscar als *»Wer seid ihr?«* übersetzte.

In Finns Augen ganz klar: Die Piratenkapitänin fühlte sich ertappt oder verfolgt!

Für Joanna eher ein eindeutiges Indiz für: Sie kennt ihn also!

Oscar erklärte dem Mädchen in wenigen Worten, worum es ging und was es mit dem Mann auf sich hatte.

Das Mädchen überlegte einen Moment und erklärte dann, dass sie antworten würde, wenn die Kinder ihr etwas Geld gaben.

»Pah!«, entfuhr es Finn. »Die will nur Geld von uns. Danach sagt sie dann, dass sie nichts weiß!« Für den Fall, dass das Mädchen ihn doch verstand, versteckte er sich sicherheitshalber hinter Joannas Rücken.

Joanna hingegen griff in ihre Tasche, holte eine Ein-Euro-Münze hervor und reichte sie dem Mädchen.

Das nahm das Geldstück, drehte es auf die Rückseite – und strahlte: »Finnland!«

»Was?«, fragte Joanna verdutzt.

Das Mädchen zeigte Joanna die Euro-Münze. Auf der Rückseite sah man zwei Singschwäne, die über eine Landschaft flogen. Es war eine Euro-Münze aus Finnland.

»Woher hab ich denn eine Euro-Münze aus Finnland?«, wunderte sich Joanna. »Das ist mir gar nicht aufgefallen.«

›War ja klar‹, dachte Finn bei sich. ›Die Piratenkapitänin führt ihre Raubzüge bestimmt in ganz Europa durch und erkennt jede Münze auf den ersten Blick!‹ Und nun war sie vielleicht auf eines ihrer seltenen Lieblingsmotive gestoßen: den finnischen Euro!

»Ronja!«, stellte sich das Mädchen da vor.

Finn schmunzelte. ›Ronja Räubertochter?‹, dachte er. ›Das passt ja! Wie ich gedacht habe!‹ Obwohl das Mädchen ja gar nichts geraubt, sondern nur gebettelt hatte. Trotzdem sah sie in ihrer zerschlissenen Kleidung tatsächlich ein wenig aus wie die berühmte Romanfigur von Astrid Lindgren.

»Joanna!«, stellte Joanna sich vor, reichte Ronja die Hand, zeigte dann auf die beiden Jungs: »Oscar. Finn. My little brother!«

Ronja lächelte ihr Engelslachen.

Finn verzog missmutig das Gesicht.

›Wie immer!‹, dachte er. Das »kleiner Bruder« konnte sich Joanna nie verkneifen, wenn sie ihn irgendwo vorstellte.

Joanna kehrte unterdessen zu ihrem ursprünglichen Anliegen zurück, tippte mit dem Finger nochmals auf die Zeichnung und wollte von Ronja wissen, ob die den Mann kannte.

Ronja nickte.

Joanna erstarrte. »Was? Echt jetzt? Du kanntest ihn?«

Oscar übersetzte. Auch Ronjas Antwort: »Sie sagt, sie kennt den Mann zwar nicht, hat ihn aber gesehen. Gestern Abend noch. «

»Gestern Abend?«, bohrte Joanna nach. »Bist du dir ganz sicher?«

Nach Oscars Übersetzung nickte Ronja erneut.

»Sie ist sich ganz sicher«, übersetzte Oscar wieder. »Er saß vor dem Nobel-Museum. Sie sagt, sie geht immer dort hin, wenn das Museum schließt. Denn sie hat festgestellt, dass die Menschen, die das Museum verlassen, anscheinend finden, aus jedem solle etwas werden und jeder solle unbedingt so viel Bildung wie möglich bekommen. Und schon spenden viele Touristen viel mehr und leichter als vor ihrem Museumsbesuch. Na ja, und gestern Abend saß da eben dieser Mann, und Ronja hat sich sehr geärgert, dass dort jemand ihre Idee klaut und in ihrem Revier wildert, wie sie sagt. Doch als sie ihn darauf angesprochen hat, hat er sich sofort wortlos verzogen.«

»Dann war er nicht tot?« Joanna stellte diese Frage mehr sich selbst, aber da sie sie ausgesprochen hatte, übersetzte Oscar sie auch.

Ronja schaute ein wenig verdutzt, dann antwortete sie, dass vor dem Museum sehr selten Tote auf und ab gingen.

«Wo ist er jetzt?«, wollte Joanna wissen.

Doch das wusste Ronja nicht. Es war ihr eigentlich auch egal.

»Wir müssen ihn finden!«, beschwor Joanna das Mädchen. »Du musst uns helfen!«

Ronja zog die Augenbrauen hoch und fragte: »Varför?« Warum?

»Weil ...« Joanna fiel so schnell keine überzeugende Antwort ein. Doch dann sagte sie schließlich: »Weil wir dir hundert Kronen dafür geben!«

»Hundert Kronen!«, empörte sich Finn. »Das sind ...« Schnell schaute er auf die Tabelle, die er sich mit Kugelschreiber auf den Arm geschrieben hatte, um die Preise besser einschätzen zu können:

1 € = 9,55 SEK
10 € = 95,5 SEK
50 € = 477 SEK
1 SKR = 0,10 €
10 SKR = 1,05 €
100 SKR = 10,47 €
250 SKR = 28,18 €
500 SKR = 52,36 €

Natürlich waren das nur ungefähre Werte, aber sie halfen, einen schnellen Überblick zu bekommen.

»Hundert Kronen, das sind gut zehn Euro!«, rief er. Die wollte seine Schwester mal eben so verschenken? War sie verrückt geworden?

Doch Joanna blieb dabei: »Zehn Euro. Also hundert Kronen, wenn du uns hilfst!«

»Vielleicht kann sie das gar nicht«, wandte Finn ein. »Und dafür kassiert sie dann das Geld?«

Joanna warf ihrem Bruder einen wütenden Blick zu. »Sei nicht immer so knickerig!«

»Knickerig!«, wiederholte Finn und schnappte nach Luft.

Ronja und Joanna schlugen derweil per Handschlag ein.

»Okay!«, freute sich Joanna. »Wo suchen wir zuerst nach ihm?«

Oscar übersetzte. Und Ronja zog die Schultern hoch: keine Ahnung!

»Pah!«, rief Finn. »Hab ich doch gesagt!«

»Kanske i soppkök!«, schlug Ronja vor.

»In der Suppenküche!«, übersetzte Oscar.

Wie in vielen Großstädten Europas gab es auch in Stockholm Orte, an denen Obdachlose sich eine warme Mahlzeit geben lassen konnten. Besonders im Winter oder eben im noch sehr kalten Frühling Schwedens.

Das Problem der Obdachlosigkeit wurde auch in Stockholm immer stärker und entwickelte sich zunehmend zu einem Streitpunkt innerhalb der Bevölkerung. Der Anteil der Nichtschweden, also der Ausländer unter den Obdachlosen wurde ebenfalls immer größer. Zurzeit waren besonders viele Rumänen Thema, die rund um den Bahnhof Zelte aufgebaut oder auch einfach nur Schlafsäcke ausgerollt hatten. Ganz neu hatte sich eine Initiative zusammengefunden, um den Frierenden und Hungernden in der Stadt wenigstens eine warme Mahlzeit am Tag zu spendieren. Sie nannte sich wie in vielen anderen Städten auch: Suppenküche.

»Sie ziehen mit einem mobilen Wagen zum Hauptbahnhof«, erzählte Ronja, übersetzt von Oscar. »Wie ein fahrender Suppentopf. Schmeckt sogar ganz gut, was die dort verteilen. Und neulich hat sogar McDonald's gratis Burger an Obdachlose verteilt.«

»Echt?« Das fand Finn gut. »Wenn ich ein Obdachloser wäre, würde ich viel lieber einen Burger als eine Suppe geschenkt bekommen.«

»Du bist ja auch ein Spinner«, meckerte Joanna. »Eine Suppe ist doch viel gesünder!«

»Pah«, machte Finn. »Na und?«

Joanna diskutierte nicht weiter mit ihrem Bruder, sondern war einverstanden, es zuerst bei der Suppenküche am Bahnhof zu versuchen. Allerdings hatte selbst sie nicht allzu große Hoffnung, den Mann dort zu finden.

»Ich weiß nicht«, sagte sie. »Irgendwie erschien mir der Mann seltsam. Ich kann mir nicht vorstellen, dass der zu einer Suppenküche geht.«

»Du meinst, der will auch lieber Burger?«, hakte Finn da ein. »Kann ich verstehen, würde ich auch, wenn …«

»Mensch Finn, rede doch nicht immer so einen Quatsch. Das meinte ich natürlich nicht. Sondern irgendwie … auf andere Art … seltsam.«

»Ja, der ist ja auch seltsam«, erinnerte Finn sie. »Erst ist er tot, dann steht er auf und geht!«

»Was willst du denn damit nun wieder sagen?«, fragte Joanna mit einem argwöhnischen Blick. »Meinst du etwa, weil ich …?«

»Nein! Nein!«, wehrte Finn sich. »Aber die Frage ist doch, wieso wir uns überhaupt noch um den Typ kümmern? Ronja hat ihn vor dem Nobel-Museum gesehen. Also hat er gelebt und es ging ihm gut. Fertig. Warum suchen wir ihn eigentlich noch?«

»Weil ich wissen will, wieso da erst einer liegt wie tot und dann plötzlich verschwindet. Darum!«, stellte Joanna entschieden klar.

»Von mir aus!« Finn wollte die Diskussion beenden. »Aber bevor wir irgendwo hingehen, lasst uns endlich etwas essen.«

»Einverstanden«, stimmte Joanna zu und wandte sich an Ronja: »Kommst du mit?«

Oscar übersetzte, Ronja schüttelte den Kopf. Ihre Antwort übersetzte Oscar wieder: »Zu teuer!«

»Wir laden dich ein«, versprach Joanna.

»Na hör mal!«, schimpfte Finn nun. »Wir haben ihr gerade zehn Euro gegeben. Und nun laden wir sie auch noch ein?«

»ICH habe ihr zehn Euro gegeben«, berichtigte Joanna ihn. »Und die braucht sie zum Leben und nicht, um sie sofort bei McDonald's zu verjubeln! Du hast echt keine Ahnung von Obdachlosen, oder?«

»Nee, aber du!«, giftete Finn zurück.

Trotzdem gingen sie nun alle vier hinein und bestellten sich Burger mit Pommes.

Ronja aß den dicksten Cheeseburger, den es zu kaufen gab.

»Nee, is' klar!«, murmelte Finn vor sich hin.

»Lass es dir schmecken!«, sagte Joanna zu Ronja, grinste dabei aber frech ihren Bruder an.

»Mich könntest du auch ruhig einladen«, schlug Finn vor.

Joanna zeigte ihm einen Vogel. »Bei dir piept's wohl!«

Finn sagte nichts mehr, sondern biss lieber genüsslich in seinen Burger, auf den er noch eine Extra-Portion Ketchup gegossen hatte.

»Ketchup ist der pure Zucker, das ist dir schon klar, oder?«, ließ Joanna jetzt noch die große Schwester heraushängen.

»Ich liiiebe puren Zucker«, antwortete Finn mit vollem Mund und packte sich noch eine Portion Ketchup drauf.

Joanna holte ihre Kamera hervor.

»Du willst jetzt nicht wirklich ein Foto für Mama und Papa machen!«, schreckte Finn auf.

Joanna senkte die Kamera ein Stückchen und sah ihren Bruder darüber hinweg an. Ihrem Gesichtsausdruck nach schien sie zu denken: Eigentlich keine schlechte Idee. Doch stattdessen sagte sie: »Quatsch! Ich will die Fotos anschauen, die ich vom Tatort gemacht habe.«

›Hätte ich bloß nicht gefragt‹, dachte Finn und biss lieber wieder in seinen Burger.

Joanna blätterte die Bilder einzeln durch, wobei ihr Ronja, die neben ihr saß, interessiert über die Schulter sah. Dann biss sie herzhaft von ihrem Riesen-Cheeseburger ab, tippte mit ihrem fettigen Zeigefinger aufs Display und fragte etwas mit vollem Mund, das Joanna auch nicht verstanden hätte, wenn es Deutsch gewesen wäre.

Oscar aber hatte damit wohl weniger Probleme. »Wer das ist, will sie wissen.«

Joanna schaute erst Ronja, dann Oscar an. »Wer ist was?«

»Das!«, wiederholte Ronja auf Schwedisch und drückte einen zweiten Fettfleck aufs Display.

Joanna zog mit Daumen und Zeigefinger das Bild größer und erkannte erst jetzt etwas, das ihr zuvor verborgen geblieben war.

Etwas abseits des »Tatorts« stand ein Auto in einer kleinen Querstraße, aus dem heraus der Fahrer Fotos schoss. Und zwar, wenn man die Blickrichtung seiner Kamera genau betrachtete, von ihnen, den Kindern!

»Das ist ja nicht zu glauben!«, stieß Joanna so laut und empört aus, dass sich einige der anderen Gäste kurz zu ihnen umdrehten.

Joanna riss sich sofort zusammen, sprach leiser und zeigte Finn und Oscar, die ihr gegenübersaßen, die Fotos.

»Seht ihr!« Sie tippte aufs Display, wie Ronja es zuvor getan hatte. »Der Typ beschattet uns!«

Finn sah es und war ebenfalls außer sich. Dann drehte er sich hastig um und schaute in alle Richtungen. War der Typ etwa in der Nähe? Wurden sie auch jetzt gerade beobachtet?

Nur Oscar fand es aufregend. Auch er sah sich um, wirkte aber eher enttäuscht, als er niemanden entdeckte, der ihnen nachstellte.

»Aufregend!«, fand er.

»Aufregend?« Finn machte mit der Hand eine Scheibenwischer-Bewegung vor seinem Gesicht. »Ich kann mir etwas Besseres vorstellen, als von irgendwelchen Gangstern verfolgt zu werden.«

»Na ja«, entgegnete Oscar. »Ihr habt das ja auch schon öfter erlebt. Aber für mich ist das neu!«

»Das war überhaupt nicht lustig, sich mit echten Gangstern anzulegen!«, stellte Finn klar. »Und ich muss das auch jetzt nicht haben! Wieso sind denn schon wieder irgendwelche Typen hinter uns her? Können wir nicht einmal ganz normale Ferien verbringen?«

Joanna zog entschuldigend die Schultern hoch. »Wir haben offenbar gefunden, wonach die suchen!«

»Du meinst, die blöde Streichholzschachtel?« Finn wäre fast von seinem Stuhl aufgesprungen. »Die können sie gern haben. Hauptsache, sie lassen uns dann in Ruhe!«

Ronja schaute fragend in die Runde. Oscar versprach, ihr später alles zu übersetzen und zu erläutern.

Joanna legte ihrem Bruder die Hand auf die Schulter. »Ganz ruhig, Finn! Ich glaube, wir werden gar nicht verfolgt!«

»Aber …?« Finn versuchte sich zu beruhigen. »… der Typ auf dem Foto?«

»Ich vermute, der verfolgt unseren Obdachlosen. Wir sind gewissermaßen nur zufällig ins Bild gelaufen. Denn hier …« Joanna drehte sich nun auch noch mal zu allen Seiten um und zeigte sogar durchs große Fenster hinaus auf die Straße, »… scheint er ja nirgends zu sein. Vielleicht ist für ihn der Obdachlose genauso überraschend verschwunden wie für uns.«

»Na hoffentlich«, seufzte Finn. »Ich will nicht schon wieder etwas mit einem Kriminalfall zu tun haben.«

Über Joannas Gesicht huschte ein Lächeln. »Hast du aber. Denn natürlich müssen wir den Obdachlosen finden und ihn warnen, bevor seine Verfolger ihn entdeckt haben.«

»Du spinnst!«, schimpfte Finn.

Doch Joanna schüttelte nur vielsagend den Kopf.

Finn öffnete den Mund, wollte sich beschweren, suchte mit seinen Blicken Unterstützung bei Oscar, doch dann erkannte er, dass sich nichts geändert hatte: Oscar war immer noch Feuer und Flamme, Joanna zu helfen. Er brannte förmlich auf einen Kriminalfall!

»Kannst du Ronja sagen, dass wir diesem Mann helfen müssen?«, bat Joanna Oscar, der seine Aufgabe sofort mit Begeisterung erledigte.

Frustriert verschlang Finn den letzten Bissen seines Burgers. »So ein Mist!«

Seltsame Wege

Die mobile Suppenküche erwies sich als ein Reinfall. Die Kinder erreichten sie zur Mittagszeit, was eigentlich ein kluger Plan gewesen war. Die Hilfsorganisation hatte ein großes Partyzelt aufgebaut, in dem sich Hunderte Obdachlose in einer langen Schlange, die bis weit aus dem Zelt herausreichte, angestellt hatten, um eine warme, kräftige Suppe zu erhalten. Drinnen allerdings war es geräumiger, als es von außen den Anschein gehabt hatte. Die Obdachlosen fanden an zahlreichen Holztischen Platz, an denen jeweils paarweise Holzbänke standen. Viele Plätze waren noch frei, obwohl etliche Obdachlose noch sitzen blieben, nachdem sie ihre Suppe aufgegessen hatten, denn das Zelt wurde mit einem gewaltigen Heizlüfter beheizt. Ein dicker Schlauch führte ins Zelt, aus dem warme Luft in den Raum geblasen wurde. Da draußen trotz blauen Himmels und strahlender Frühlingssonne die Temperaturen gerade so über dem Gefrierpunkt lagen, nutzten viele der Besucher die halbe Stunde Aufenthalt, um sich ein wenig aufzuwärmen.

»Der größte Teil der Obdachlosen hier stammt aus Rumänien«, erzählte Ronja mit Oscars Hilfe den Kindern. »Die sind die Kälte überhaupt nicht gewohnt.«

Die Suppenküche jedenfalls traf genau den Nerv dessen, was die Obdachlosen brauchten. Entsprechend gut wurde das Angebot angenommen und war das Zelt besucht. Nur von dem Mann, den die Kinder suchten, war nichts zu sehen.

»Schade!« Joanna war enttäuscht. Wo, wenn nicht hier und zu diesem Zeitpunkt sollte man einen Obdachlosen wiederfinden?

Als zweite gute Möglichkeit hatte Ronja den Hauptbahnhof genannt. Der war gleich um die Ecke, und dort, so hatte Ronja gesagt, würden zurzeit fast nur Rumänen campen. Aber die Chance, ihren Mann dort zu finden, wenn sie ihn hier an der Suppenküche nicht getroffen hatten, schätzte Ronja als sehr gering ein.

Trotzdem wollte Joanna es versuchen. Gerade wollten sie losgehen, als Finn fragte: »Wieso gucken wir nicht vor dem Nobel-Museum?«

Joanna zeigte Finn ein verschmitztes Lächeln: »Kein schlechter Versuch, Finn. Du meinst, wenn wir ihn da nicht finden, aber schon mal vor dem Museum stehen, können wir auch reingehen, oder? So kommst du zu deinem Museumsbesuch und wir setzen die Suche nicht fort.«

»Das wäre wirklich eine gute Idee!«, entgegnete Finn. »Aber so hatte ich das gar nicht gemeint. Sondern: Ronja hat den Mann vor dem Museum gesehen. Wieso sollte er nicht ein zweites Mal dorthin kommen?«

Joanna stutzte. Oscar übersetzte es für Ronja. Und die nickte Joanna zu. Das war wirklich eine gute Idee. Wenn ein Obdachloser erst mal einen Platz gefunden hatte, der ihm zusagte, dann kehrte er meist dorthin zurück. Genau das war ja auch Ronjas Befürchtung gewesen, dass sie ihren besten Platz zum Betteln an den Mann verlieren könnte oder mit ihm teilen musste.

»Also gut«, stimmte Joanna zu. »Versuchen wir es beim Nobel-Museum!«

»Und wenn wir ihn nicht finden, gehen wir rein, ja?«, setzte Finn nun noch einen drauf.

»Finn!«, schimpfte Joanna nur.

Doch Finn zuckte arglos mit den Achseln. »Wieso? War doch deine Idee!«

Am Morgen war auf dem Platz vor dem Nobel-Museum noch wenig los gewesen. Mittlerweile aber zogen viele Touristengruppen hier entlang. Manche, weil sie wirklich ins Museum wollten. Die meisten aber, um von hier aus irgendeine der anderen Sehenswürdigkeiten aufzusuchen. Der Platz war so etwas wie ein kleines Drehkreuz. Viele der engen verwinkelten Gässchen führten auf diesen Platz. Selbst Touristen, die bloß durch die kleinen Straßen schlenderten oder auf der Suche nach einem anderen Ziel waren, landeten oft ungewollt immer wieder hier.

Außerdem war gerade Mittagszeit, und rundherum gab es zahlreiche Restaurants, Cafés oder Läden, Imbiss-Stände und Bars, in denen man auch zur Mittagszeit etwas zu essen bekam. Obwohl die Anzahl dieser gastronomischen Betriebe sehr beachtlich war, schien es nirgends einen freien Stuhl zu geben. Soweit Finn es durch die Schaufenster sehen konnte, waren sämtliche Läden bis auf den letzten Platz besetzt. Mehrfach beobachtete er kleinere Touristengruppen, Familien oder Ehepaare, die in einen der Läden hineingingen und gleich wieder herauskamen, weil das Warten aussichtlos gewesen wäre.

»Viele Touristen finden sich auch in den Restaurants gar nicht zurecht«, erzählte Oscar. »In den meisten ist nämlich Selbstbedienung. Man stellt sich in die Schlange, sucht sich ein Essen von der Tafel aus, bezahlt und wartet, bis es kommt. Aber die Tafeln sind nur auf Schwedisch. Die meisten Touristen verstehen gar nicht, was es zu essen gibt. Und wenn sie trotzdem bestellen, dann bekommen sie nicht mit, wo sie warten sollen, wann das Essen kommt und ob es ihres ist. Das ist alles so kompliziert, dass sie lieber gleich wieder gehen.«

»Trotzdem sind alle Läden voll«, wunderte sich Finn.

»Ja«, bestätigte Oscar. »Aber auch viele Stockholmer essen hier in ihrer Mittagspause. Und manche Touristen nehmen sich einfach die Zeit, in der Hoffnung, dass sie irgendwann schon etwas bekommen werden.«

»Das wäre nichts für mich!«, stellte Finn klar.

»Wir haben ja auch schon gegessen«, sagte Oscar, führte die Kinder nun links in eine Gasse, dann rechts, und plötzlich standen sie auf dem Stortoget, dem Platz vor dem Nobel-Museum.

»Klasse!«, freute sich Finn.

Joanna reckte sofort den Hals, ob sie etwas von dem Mann sah. Was nicht der Fall war.

»Verdammt!«, fluchte sie vor sich hin.

»Dann gehen wir rein ins Museum?«, fragte Finn.

Joanna wollte gerade anheben, um zu widersprechen, als Oscar ausnahmsweise mal Finn zustimmte. »Wieso nicht? Wenn wir schon mal hier sind. Und irgendwas müssen wir ja auch meinen Eltern erzählen, was wir den ganzen Tag so gemacht haben.«

Joanna stutzte, überlegte kurz und lenkte ein: »Das stimmt allerdings. Wir können denen schlecht sagen, dass wir an einem Kriminalfall arbeiten.«

Tun wir das denn? Diese Frage lag Finn augenblicklich wieder auf der Zunge, aber er hütete sich, sie auszusprechen und damit einen erneuten Streit mit seiner Schwester heraufzubeschwören. Sie hatten gerade entschieden, ins Museum zu gehen, und damit war alles gut.

Finn hatte bereits die ersten Stufen zum Eingang erklommen, als Ronja, die auf dem Platz geblieben war, ihnen etwas zurief. Oscar wandte sich um und bemühte sich, sie zu verstehen oder zumindest ihre Gesten richtig zu deuten. Dann endlich hatte er es: »Sie hat den Mann gesehen!«

»Was? Wo?« Joanna war sofort wie elektrisiert.

Finn rollte mit den Augen und stieß einen fürchterlichen Fluch aus.

Oscar zeigte in die Richtung, in die Ronja gewiesen hatte. »Da!«

»Wo?«

»Da hinten irgendwo.«

»Irgendwo?«, mischte Finn sich ein. »Und deshalb wollen wir nicht ins Mu…?«

Weiter kam er nicht.

»Da! Ich seh ihn!« Joanna zeigte aufgeregt Richtung Hausecke.

Finn entdeckte ihn noch immer nicht.

»Wollen wir nicht …?«, setzte er von Neuem an und deutete auf den Eingang hinter sich.

»Los! Schnell!« Joanna rannte los.

»Warte!« Oscar lief ihr hinterher.

Ronja sagte nichts, aber folgte den beiden, wobei sie nur schnellen Schrittes im Slalom an den Touristen und Passanten vorbeihuschte.

Finn sah ein, dass er ebenfalls mitgehen musste, wenn er nicht gleich allein und zurückgelassen herumstehen wollte. Also stieg er die Treppen wieder herunter und holte seine Schwester an der Hausecke ein, wo sie stehen geblieben war.

»Und?«, fragte Oscar. »Wo ist er hin?«

»Ich … ich weiß nicht«, gab Joanna zu. »Er ist weg.«

»Och nö!«, nörgelte Finn. »Das darf doch nicht wahr sein! Erst rennen wir wie die Blöden los, weil du alle verrückt machst mit deinem Geschrei, und jetzt …«

»Da! Da ist er wieder!«

Der Mann kam aus dem seitlichen Ausgang des Gebäudes an der Nordseite des Nobel-Museums.

»Das ist das Börshuset«, erklärte Oscar.

»Die Börse?«, staunte Joanna. Sie wusste nur so ungefähr, was eine Börse war: ein Haus, in dem Bankiers mit Aktien handelten. Wie das genau funktionierte, davon hatte sie allerdings keine Ahnung. Aber ihr war ganz klar: Ein Obdachloser hatte darin sicher nichts verloren.

»Das war früher mal die Börse«, sagte Oscar, der sich aus dem Schulunterricht daran erinnerte. »Heute ist da noch ein Teil des Nobel-Museums untergebracht und die Schwedische Akademie mit der Nobel-Bibliothek.«

»Echt?« Finn sah das Gebäude gleich mit ganz anderen Augen an.

Joanna konnte sich nicht erklären, was ein Obdachloser darin zu suchen hatte. Aber zum Grübeln kam sie auch gar nicht. Der Mann ging weiter und das Spiel ging von vorn los: Joanna rannte los, Oscar und Ronja setzten nach, und als Letzter trottete Finn hinterher, der die ganze Sache immer blöder fand.

»Wetten, der will jetzt doch zum Hauptbahnhof?«, lautete Oscars Vermutung, die sich aber schon an der nächsten Ecke als falsch erwies. Denn der Mann ging nicht geradeaus oder nach links, Richtung Bahnhof, sondern bog rechts in die Straße *Slottskajen* ein, die direkt zum Wasser führte. Von dort aus setzte er seinen Weg über die große Auto- und Fußgängerbrücke, von der aus man einen wunderbaren Blick auf den kleinen Anleger mit den Fähren hatte, an dessen Ufer ein imposantes Hotel thronte, fort.

»Dort wohnen immer die Nobelpreisträger«, erläuterte Oscar. »Mein Vater hat gehofft, Bob Dylan würde kommen, um seinen Preis abzuholen. Dann hätte er versucht, ein Autogramm zu bekommen. Das Grand Hotel Stockholm!«

»Ein Autogramm von einem Nobelpreisträger?«, fragte Finn verwundert. »Was hat der denn Tolles erfunden?«

»Literatur-Nobelpreis«, präzisierte Oscar.

»Ah, ein Schriftsteller!«, sagte Finn und überlegte, ob er sich das Autogramm eines Autors holen würde. ›Warum nicht?‹, dachte er bei sich. ›Wenn der tolle, spannende Bücher verfasst hat.‹ Finn liebte alte Abenteuerbücher. *Huckleberry Finn* zum Beispiel, nicht nur wegen des Namens. Er mochte auch *Die Schatzinsel* oder *Robinson Crusoe*. »Was hat er denn geschrieben?«

»Er ist ein Musiker und Sänger«, antwortete Oscar.

»Das ist doch jetzt total unwichtig«, meckerte Joanna, während Finn nur verdutzt stehen blieb.

Joanna hatte Angst, dass sie den Mann auf der gut besuchten Brücke aus den Augen verlieren würde. Und schon war's passiert.

»Verdammt!«, fluchte sie. »Wo ist er?«

Ronja zeigte nach rechts. Joanna wusste nicht, ob Ronja gesehen hatte, dass der Mann dort entlanggegangen war, oder ob sie es nur vermutete. Da Joanna aber auch keine bessere Idee hatte, schlug sie Ronjas Weg ein. Rechts herum in die Straße …

Finn musste zweimal auf das Straßenschild gucken und sich den Namen langsam und laut vorlesen: »Södra Blasieholmskajen«. Kajen, so nahm er an, hieß so etwas wie Weg oder Straße. Aber Blasieholm? Finn kicherte vor sich hin. Was war das denn für ein Name? »Blasieholm!«, wiederholte er kichernd.

»Geht's noch?«, fauchte Joanna ihn an. »Du bist manchmal echt peinlich, Finn!«

»Selber«, gab Finn zurück.

»So heißt übrigens das ganze Viertel hier«, erklärte Oscar, woraufhin Finn erst recht loslachen musste.

»Oh Mann, Finn!«, seufzte Joanna. »Schau lieber mal, wohin der Mann gegangen ist.«

»Vielleicht ins Grand Hotel?«, witzelte Finn, was ihm einen weiteren bitterbösen Blick seiner Schwester einbrachte.

»Mist, wir haben ihn verloren!«, jammerte sie.

»Warum haben wir ihn nicht eingeholt und ihm einfach gesagt, dass er verfolgt wird?«, fragte Finn.

Joanna zog die Stirn kraus und musste zugeben: Das wäre vermutlich das Beste gewesen.

»Aber ich wollte sehen, wo er hingeht. Mir kommt der irgendwie komisch vor«, verteidigte sie sich.

Nachdem Oscar es für Ronja übersetzt hatte, bestätigte sie Joannas Eindruck: Was sie bisher von dem Mann mitbekommen hatte, war ein untypisches Verhalten für einen Obdachlosen. Wo auch immer er jetzt abgeblieben war, hier in diesem Viertel trieben sich Obdachlose fast nie herum.

»Dies ist ein Viertel für reichere Leute«, erklärte Ronja über Oscar, »viele Büros, Anwälte, Antiquitäten. Dahinten auch das Königliche Theater von Stockholm – Kungliga Dramatiska Teatern –, teure Restaurants …«

»… ist doch ideal für Obdachlose«, unterbrach Oscar sie. »Genügend Leute, die etwas Geld spenden können.«

»Eben!«, sagte Ronja mit bitterer Miene. »Genau das aber tun diese Leute nicht. Die gucken verschämt oder genervt weg. Eher trinken die zum Mittag ein Gläschen Prosecco für 190 Kronen, als dass sie auch nur eine Krone für einen Obdachlosen hergeben.«

Joanna schüttelte den Kopf.

»Je reicher, desto geiziger«, lautete Ronjas Zusammenfassung. »Auch deshalb ist es ungewöhnlich, dass er hierhergegangen ist.«

»Ist er das nicht dort vorn?«, fragte Finn, der meinte, den Mann direkt aus dem Grand Hotel herausgehen zu sehen.

»Ja!«, bestätigte Joanna verblüfft. »Das ist er!«

Finn lächelte überlegen. »Hab ich doch gesagt, der ist im Grand Hotel!«

Joanna verpasste ihrem Bruder einen kleinen Klaps. »Das

war doch nur ein Spruch von dir. Wenn du es angeblich gewusst hast, dann erklär doch mal, was er dort wollte!«

»Ist doch egal«, erwiderte Finn. »Jedenfalls können wir jetzt zu ihm laufen, ihn warnen, dass er verfolgt wird, und gut ist. Wir können endlich normal in den Ferien sein und ins Nobel-Museum gehen.«

»Sagt mal«, unterbrach Oscar Finns Vorschlag. »War das nicht ein schwarzer Volvo, aus dem heraus wir fotografiert wurden?«

»Ja, wieso?«, fragte Joanna nach.

»Da hält gerade einer! Direkt vor dem Hotel!«

Oscar zeigte hinüber zum Haupteingang.

Kidnapping!

»Volvos gibt es hier doch viele, oder?«, gab Finn zu bedenken. »Ist ja schließlich ein schwedisches Auto.«

Doch dass sie es hier nicht mit einem gewöhnlichen Auto der schwedischen Marke zu tun hatten, wurde ihnen schnell bewusst. Aus dem Wagen sprangen zwei Männer. Sie liefen auf den obdachlosen Mann zu, packten ihn und zerrten ihn in das Auto, dessen hintere Scheiben alle schwarz getönt waren. Und schon brauste der Wagen davon. Die ganze Aktion hatte keine zwanzig Sekunden gedauert.

»Was ... wie ... habt ihr das gesehen?«, fragte Joanna verdattert.

»Die haben den gekidnappt!« Auch Oscar war völlig fassungslos. »Von der Straße weg. Wie im Film!«

»Das gibt's doch nicht!« Finn schnappte nach Luft. Nun musste er einsehen: Sie befanden sich mitten in einem gefährlichen Kriminalfall. Auch Ronja sagte etwas, was Joanna und Finn aber nicht verstanden.

Grand Hotel

Joanna forderte Oscar zum Übersetzen auf.

»Ronja meinte: Wie sie vermutet hat – der Typ ist gar kein Obdachloser! Denn weshalb sollte ein Obdachloser entführt werden?«

»Was machen wir denn jetzt?« Joanna schaute sich ratlos und Hilfe suchend um, ihr selbst waren die Ideen ausgegangen.

Da gab Ronja ihnen ein Zeichen und rief: »Kom med mig!«

Dafür benötigte Joanna keine Übersetzung. Sie sollten Ronja folgen.

Ronja legte einen atemberaubenden Sprint ein. Joanna kam nicht hinterher. Oscar, der zwar in Ronjas Alter war, aber ein paar Kilo mehr auf die Waage brachte, schnaufte noch hinter Joanna her. Und Finn war zwar sehr schnell, aber nicht sehr ausdauernd. Kaum hatte er Joanna und Oscar eingeholt, spürte er, wie seine Kräfte nachließen. Es reichte zwar noch, um schneller zu sein als seine Schwester, aber keineswegs, um Ronja einzuholen.

Ronja rannte so schnell über die breite Hauptstraße, dass Joanna stehen blieb, ihr entsetzt nachschaute und rief: »Vorsicht! Pass auf! Achtung! Die Autos!«

Doch Ronja achtete ebenso wenig auf sie wie auf das wütende Hupen einiger Autofahrer, an deren Kühler sie nur knapp vorbeischrammte und die entsprechend eine Vollbremsung hinlegen mussten.

Von Weitem sah Finn, dass der schwarze Volvo, den sie verfolgten, an einer roten Ampel halten musste. Ronja wurde noch mal schneller und rannte jetzt hinter dem Wagen her, als wollte sie sich mit ihm im Hundert-Meter-Sprint messen.

»Was hat die denn vor?«, fragte Joanna laut, was sich Finn

soeben stumm auch gefragt hatte. Sie wollte ja wohl nicht in den Wagen springen und sich mit den Gangstern anlegen.

Dann war Ronja plötzlich nicht mehr zu sehen. Wie vom Erdboden verschluckt.

»Wo …?« Joanna kniff die Augen zusammen, um schärfer sehen zu können, hüpfte in die Höhe, um einen besseren Überblick zu haben. Alles vergeblich. »Wo ist sie?«

Die Ampel sprang auf Grün, der Wagen fuhr los.

Und plötzlich war Ronja wieder da, sie stand am Rand der Straße.

»Hä?«, fragte sich Joanna. »Was hat sie da getan? Wo war sie?«

»Ich glaube, die hatte sich nur hingehockt«, lautete Oscars Vermutung.

Joanna konnte sich das nur schwer vorstellen. »Weshalb?«

Ronja winkte den Kindern aufmunternd zu.

Joanna, Finn und Oscar warteten brav ab, bis die nächste Fußgängerampel grün wurde. Erst dann überquerten sie die breite, viel befahrene Hauptstraße und gelangten schließlich zu Ronja.

Finn sah gerade noch, wie Ronja ein Taschenmesser zusammenklappte und in die Tasche steckte. Er verstand bloß nicht, was sie mit dem Messer getan hatte.

»Er wird bald eine Panne haben«, erklärte Ronja mit Oscars Hilfe.

So richtig begriff Finn es immer noch nicht, bis Oscar es ausführlicher übersetzte: »Sie hat den rechten Hinterreifen des Wagens angeritzt. Und glaubt, dass dem bald die Luft ausgeht oder er platzt. Ein alter Trick von Straßendieben, sagt sie. Man verfolgt heimlich den Wagen, von dem man weiß, dass er in Kürze eine Panne haben wird. Wenn es so weit ist, bietet man Hilfe an. Und während der Fahrer dann draußen steht und abgelenkt ist, räumt ein Komplize des vermeintlichen Helfers in Ruhe den Wagen leer.«

»Fies!«, kommentierte Joanna.

»Und so etwas macht Ronja?«, fragte Finn.

Oscar winkte ab. »Sie sagt: nein. Aber sie kennt den Trick. Von anderen.«

»Na klar!« Finn zog mit dem Finger ein Augenlid etwas herunter: »Von anderen!«

Dieses Mädchen war Finn ja von Anfang an komisch vorgekommen. Dieser erste Eindruck hatte sich auch nicht verbessert. Im Gegenteil: Je länger sie mit ihr zu tun hatten, desto misstrauischer wurde er ihr gegenüber. Aber zumindest, so musste er sich eingestehen, hatte sie ihnen jetzt wohl geholfen.

»In welche Richtung ist er denn gefahren?«, fragte Joanna, die das so schnell und vor lauter Aufregung nicht richtig mitbekommen hatte.

Oscar wusste es zwar, schränkte aber sogleich ein: »Ist eigentlich egal. Wenn er ein paarmal abbiegt, wissen wir sowieso nicht, wohin er fährt. Das könnte überall und nirgends sein.«

»Wir waren so nah dran!«, ärgerte sich Joanna.

»Ja, weil du den Mann nur verfolgen wolltest, statt gleich auf ihn zuzugehen«, musste Finn noch eines draufsetzen. »Jetzt konnten wir ihn nicht einmal warnen!«

»Der Wagen wird nicht weit kommen«, war Ronja sich sicher. Zumindest übersetzte Oscar es so.

»Das heißt, wir sollen jetzt halb Stockholm absuchen nach einem schwarzen Volvo mit Reifenpanne?«, befürchtete Finn entsetzt. »Das könnt ihr vergessen, Leute. Selbst mit angeritztem Reifen kann der vielleicht noch hundert Kilometer oder weiter fahren. Das können wir doch unmöglich alles absuchen!«

»Ihr nicht«, warf Ronja ein. »Aber wir!«

»Wer?« Joanna wusste nicht, wen Ronja meinte. Gab es da noch jemanden?

»Ein paar Tausend!«, antwortete Ronja lächelnd. »Und sie bekommen alles mit, weil sie nie zu Hause sind, sondern immer auf den Straßen. Sie haben nämlich kein Zuhause!«

Joanna glaubte erst, Oscar hätte falsch übersetzt. Ronja hatte ein paar Tausend Leute zur Verfügung, um die Stadt zu überwachen? Doch dann dämmerte es ihr: Ronja sprach von den Obdachlosen!

»Aber …«, fragte Joanna nach. »Seid ihr denn so vernetzt, dass wir gleich die Information bekommen, sobald jemand den Wagen sichtet?«

»Nicht so richtig«, räumte Ronja ein. »Aber es ist trotzdem die beste Chance, die wir haben.«

»Okay!«, willigte Joanna ein. Sie hatte neuen Mut gefasst.

Finn hingegen blieb skeptisch.

»Das klappt doch nie!«, tuschelte er seiner Schwester zu. »Wahrscheinlich sehen wir Ronja nie wieder, wenn wir uns jetzt verabschieden.«

»Da hast du recht!«, stimmte Joanna ihm zu seinem eigenen Erstaunen zu. Finn hatte auf jeden Fall mit Widerspruch gerechnet. Und jetzt war Joanna mit einem Mal einverstanden, die Verfolgung fallen und den Fall sausen zu lassen? Das glaubte er unter keinen Umständen. Was hatte er Falsches gesagt?

Finns Befürchtung erwies sich als berechtigt.

»Die Obdachlosen werden vielleicht Ronja vertrauen, aber nicht uns, solange sie uns nicht kennen«, antwortete Joanna ihm. »Deshalb sollten wir bei ihnen bleiben!«

»Wie meinst du das?« Finn hatte das mulmige Gefühl, dass die Sache nun in eine Richtung lief, die ihm bestimmt nicht passen würde!

Wieder war sein Gefühl richtig gewesen.

»Wir verbringen die Nacht mit Ronja bei den Obdachlosen«, lautete Joannas Idee.

»WAS?« Mehr brachte Finn im ersten Moment nicht heraus.

Selbst Oscar, der die ganze Zeit hinter Joanna und ihrem Abenteuer gestanden hatte, wurde ein wenig blass um die Nase. Zu einem Widerspruch reichte es dennoch nicht, lediglich zu einer zaghaften Frage, ob Joanna das denn wirklich ernst meinte.

Bevor sie antworten konnte, zog Finn schnell seinen größten Trumpf aus dem Ärmel:

»Was werden Mama und Papa dazu sagen?«

»Überhaupt nichts!«, antwortete Joanna prompt und nahm Finns stärkstem Argument sofort den Wind aus den Segeln. »Du wirst ihnen nämlich nichts davon erzählen. Und ich auch nicht. Somit werden sie es nie erfahren!«

»Und meine Eltern?«, wagte Oscar nachzufragen.

Ein guter Einwand, fand Finn. Er war überzeugt, damit war Joannas Plan erledigt.

Doch eigentlich hätte er seine Schwester besser kennen sollen.

»Du hast doch sicher eine Idee, wie man nachts unbemerkt aus dem Haus kommt!«, erwiderte Joanna.

»Nachts?«, stotterte Oscar. »Allein? Unbemerkt verschwinden?«

Er wollte damit ausdrücken, dass er natürlich keine Möglichkeit kannte, im Gegenteil, noch nie in seinem Leben auch nur für eine Sekunde daran gedacht hatte, nachts ohne Wissen seiner Eltern von zu Hause abzuhauen. Das alles aber brachte er nicht mehr über die Lippen.

»Wie ich sehe, hast du alles richtig verstanden!«, überrumpelte Joanna ihn. Zusätzlich klopfte sie Oscar mit einem überlegenen Lächeln auf die Schulter. »Prima. Sag Ronja, dass wir uns heute Abend um zehn mit ihr treffen! Am besten vor dem Museum! Bis dahin sollen ihre Leute Ausschau nach dem Wagen mit der Reifenpanne halten.«

Hilfe suchend, fast schon verzweifelt, schaute Oscar zu Finn. Doch der zuckte nur mit den Achseln, was so viel heißen sollte wie: selbst schuld. So etwas passiert eben, wenn man sich mit meiner Schwester einlässt.

Mit dieser Verabredung für die Nacht verabschiedeten sie sich von Ronja und zogen zu dritt nach Hause: Joanna hochzufrieden und motiviert, Finn immer noch fassungslos und sauer darüber, die Nacht bei Minusgraden draußen verbringen zu sollen, und Oscar völlig fertig, weil er weder wusste, was er seinen Eltern sagen sollte, geschweige denn, dass ihm irgendein Weg einfiel, wie sie später unbemerkt das Haus verlassen könnten. Allein beim Gedanken daran wurde ihm schon flau im Magen. Wenn seine Eltern auf irgendeine Weise Wind davon bekämen, würde er den Ärger seines Lebens auszustehen haben. Joanna hingegen blieb völlig unbekümmert. Offenbar verließ sie sich völlig auf Oscar.

Finn jedoch witterte seine Chance, die Outdoor-Nacht noch abwenden zu können. Als Joanna in ein Schaufenster guckte, nahm er Oscar beiseite und flüsterte ihm zu: »Oscar, du musst das nicht machen. Joanna spinnt manchmal. Wir können uns den Ärger und die kalte Nacht ersparen, wenn du sagst, dass es nicht geht, deine Eltern zu hintergehen und nachts einfach abzuhauen.«

»Mmh«, grübelte Oscar. »Meinst du?«

Finn nickte eifrig. Er sah sich schon am Ziel.

»Ja, klar. Überhaupt kein Problem. Sag doch, es gibt keinen Weg hinaus. Und schon ist alles geritzt.«

»Aber ich finde, eigentlich hat sie recht«, gab Oscar zu.

Finn konnte es kaum glauben. »Wieso das denn? Spinnst du?«

»Der Mann wurde doch wirklich entführt. Wir haben es gesehen, aber außer uns offenbar niemand. Oder es hat niemanden interessiert. Das heißt, nur wir können ihn retten!«

»Und die Polizei?«, setzte Finn dem entgegen. »Warum melden wir es nicht einfach der Polizei?«

»Wir sollen zur Polizei gehen und denen sagen, dass der Tote, den wir entdeckt hatten, jetzt quicklebendig entführt wurde?«, fragte Oscar.

Finn verstand, was er damit sagen wollte. Die Polizei würde ihnen niemals glauben, sondern eher im Gegenteil. Dann bekämen sie vermutlich wirklich Ärger mit der Polizei und mit Oscars Eltern.

»Trotzdem! Das ist doch Irrsinn, sich mit den Obdachlosen die Nacht um die Ohren zu schlagen«, beharrte Finn.

»Aber vermutlich wirklich die beste Möglichkeit, das Auto und damit vielleicht den Mann zu finden«, gab Oscar zu bedenken. »Ich habe jedenfalls keine bessere Idee. Ich weiß nur wirklich noch nicht, wie wir unbemerkt aus dem Haus herauskommen sollen!«

Aus Oscars Miene sprach die pure Verzweiflung.

Auch Finn schaute äußerst unglücklich drein. Wie er seine Schwester kannte, würde sie irgendeinen Weg finden, um ihr Ziel durchzusetzen. Und das bedeutete, sie würden die eiskalte Stockholmer Nacht draußen verbringen!

Und dann fiel ihm noch etwas ein: Die Obdachlosen würden sich ja bestimmt alle irgendwohin verkrümeln, um zu schlafen. Aber wie sollten sie das machen? Etwa einfach auf die nasse, kalte Straße legen und schlafen? Bei Minustemperaturen? Sie hatten weder Schlafsäcke noch Decken, noch sonst irgendetwas zur Verfügung. Das ging doch gar nicht!

»Na, ihr beiden? Was schaut ihr denn so düster drein?« Joanna hatte sie wieder eingeholt.

Finn wusste, dass seine Schwester sehr wohl ahnte, worüber die beiden Jungs gesprochen hatten. Deshalb sah er auch keinen Sinn darin, es ihr zu verheimlichen, und stellte ganz direkt seine Frage: »Sag mal, wie stellst du dir das denn vor, dass wir draußen schlafen?«

»Hä?«, fragte Joanna zurück. »Gar nicht. Wir werden doch nicht draußen schlafen!«

Die beiden Jungs schauten sich nun verdutzt an. Nicht?

Oscars Miene verriet große Erleichterung.

Finn traute dem Braten noch nicht so recht. »Aber du hast doch gesagt, dass wir heute Nacht …?«

»Klar!«, erläuterte Joanna. »Machen wir ja auch. Aber wir schlafen doch nicht. Dann könnten wir ja auch zu Hause bleiben. Wir folgen den Spuren unserer Beobachtungen!«

Ein Ausdruck von Panik kehrte auf Oscars Gesicht zurück und Finn verlor auch seine letzte Hoffnung. Also doch!

Nur wie sie das Oscars Eltern beibringen sollten, das wussten sie immer noch nicht.

Spuren in der Nacht!

»Nanu? So früh schon zurück?«, wunderte sich Oscars Vater, als die Kinder am frühen Nachmittag die Tür aufschlossen.

Er und seine Frau waren gerade dabei, eingekaufte Lebensmittel in die Schränke zu sortieren. Für den Kinderbesuch wollten sie ein gemütliches Abendessen zaubern. Tante Agneta hatte noch ein paar Kerzen besorgt, die sie jetzt auspackte und schon mal auf den großen Esstisch in der Küche stellte. Dazu legte sie bunte Servietten aus, auf denen irgendwelche Frühlingsblumen abgebildet waren.

»Wir müssen noch ein wenig schlafen«, erläuterte Joanna, »Und wir möchten euch etwas fragen!«

Tante Agneta sah Hilfe suchend zu ihrem Mann. Durch die Ehe mit ihm verstand sie zwar etwas Deutsch, aber wenn jemand schnell sprach, hatte sie Schwierigkeiten.

Onkel Thomas legte die Nudelpackung beiseite und widmete seine Aufmerksamkeit ganz den Kindern. »Aha? Was denn?«

Das hatte sich Finn auch gerade gefragt. Was hatte Joanna vor? Er schaute zu Oscar, dem anscheinend das Herz in die Hose gerutscht war.

»Wir haben Obdachlose gesehen!«, erzählte Joanna unbekümmert weiter.

Das hatte auch Tante Agneta verstanden. Sie nahm sich ihren Tee, der neben dem Herd stand, und setzte sich an den Esstisch, wo jetzt auch Onkel Thomas Platz nahm.

Die Kinder blieben lieber stehen. Joanna an der Stirnseite des Tisches, Oscar und Finn hielten sich im Hintergrund.

›Jetzt ist alles aus‹, dachte Finn und war sich sicher, dass sein Cousin in diesem Moment genau das Gleiche dachte.

»Das ist doch fürchterlich. Die müssen bei der Kälte draußen schlafen!«, sprach Joanna weiter.

»Ja, äh …«, stotterte Onkel Thomas, der augenscheinlich von diesem Thema, das seine Nichte gerade aufbrachte, überrumpelt war. Er wechselte einen ratlosen Blick mit Tante Agneta, die aber erst mal nichts sagte. »Ich glaube, es gibt Schlafplätze, die die Stadt bereitstellt und …«

»Viel zu wenige!«, unterbrach Joanna ihn. »Das haben wir sie gefragt, nicht wahr, Oscar?«

Oscar starrte sie nur stumm an.

»Oscar?«, wiederholte Joanna fordernd.

»Äh … ja … gefragt!«, stammelte Oscar.

»Eben!«, übernahm Joanna wieder das Wort. »Viele müssen draußen schlafen. Auf dem Boden am Bahnhof oder sonst irgendwo in der Stadt.«

»Hier in Gamla Stan?«, wunderte sich Onkel Thomas.

Joanna erklärte, dass Finn sich doch neue Schuhe gekauft habe, deshalb seien sie in der Einkaufsstraße gewesen, und von dort aus war es ja nicht mehr weit bis zum Hauptbahnhof, und – schwups – war Joanna wieder bei ihrem Thema: »Und da dachten wir, wir sammeln ein paar alte Decken und bringen sie denen. Die erfrieren doch sonst!«

»Tja … äh.« Onkel Thomas wusste offensichtlich immer noch nicht so recht, was er von alldem halten sollte.

Finn hingegen kannte so etwas von seiner Schwester schon und inzwischen hatte er ihre Strategie auch durchschaut: Wer könnte etwas dagegen haben, wenn Kinder sich engagieren wollten?

»Habt ihr Decken?«, fragte Joanna. »Sonst können wir ja auch bei den Nachbarn welche sammeln gehen und dann bringen wir sie den Obdachlosen.«

»Ja, das ist sicher sehr nett«, sagte Onkel Thomas zögerlich. »Wir müssten tatsächlich noch ein paar alte Decken auf dem Speicher haben, oder, Agneta?«

Tante Agneta nickte unsicher. »Wollt ihr nachsehen?«

»Ja!«, rief Oscar. Er wollte so schnell wie möglich der unangenehmen Situation entkommen.

»Wir müssen die Decken natürlich heute Abend sehr spät verteilen, dort, wo die Obdachlosen wirklich schlafen«, teilte Joanna fast beiläufig mit.

»Heute Abend spät?«, fragte Onkel Thomas erstaunt. »Oh! Äh … Tja aber … Wisst ihr, ich bekomme heute Abend noch Besuch. Ich hab mit einigen Kollegen eine Besprechung und Tante Agneta kann auch nicht …«

»Kein Problem! Das schaffen wir schon!«, rief Joanna ihrem Onkel aufmunternd zu.

Onkel und Tante wirkten ratlos. Aber ehe Onkel Thomas etwas erwidern konnte, setzte Joanna noch einen drauf:

»Wir schauen schnell auf dem Speicher nach, wie viele Decken da sind. Okay? Danke, Onkel Thomas. Das bedeutet mir sooo viel!«

Finn verdrehte heimlich die Augen. Auch wie immer: Zum Finale begann Joanna meistens, arg zu übertreiben.

Joanna hatte sich schon abgewandt, bevor es Onkel Thomas möglich gewesen war, die Diskussion wirklich zu Ende zu führen. »Komm, Oscar, zeig uns den Speicher!«

»Wow!«, sagte der, während sie durch den Flur gingen und die Treppe hinaufstiegen. »Das muss ich mir mal merken, wie du das gemacht hast!«

»Gut, nicht wahr?« Joanna war sichtlich stolz auf ihren Auftritt.

Nur Finns Begeisterung hielt sich in Grenzen.

»In diesem Punkt etwas weniger Talent, und uns würde manches erspart bleiben!«, murmelte er vor sich hin.

Finn fand den Speicher äußerst enttäuschend. Ein alter Dachboden! Da hatte man doch gefälligst wenigstens eine alte Schatzkarte zu finden, oder geheime wertvolle Dokumente, oder irgendein anderes gruseliges Geheimnis, welches das Haus in sich barg. In unzähligen Jugendbüchern jedenfalls war das so. Etliche Abenteuer begannen mit einem Fund auf einem alten Dachboden. Und hier? Eine Kiste mit Weihnachtsbaumschmuck, zwei Kartons mit Sommerkleidern ihrer Tante, drei Kisten alter Bücher, und ansonsten nur noch wertlosen Krimskrams wie alte Pinsel und ein paar angebrochene Tapetenrollen. Aber auch:

»Decken!«, rief Joanna. Freudig hielt sie eine Wolldecke, in die ein paar Motten schon einige Löcher gefressen hatten, in die Höhe. »Da liegen auch noch welche!«

»Oh, die dort kenne ich noch. Die hatte ich als Kind!«, lachte Oscar und zeigte auf eine Decke mit Bärchen drauf.

Finn lachte laut los. »Die wäre doch etwas für Ronja!«

Joanna schüttelte verächtlich den Kopf: »Du bist blöd, Finn! Obdachlos zu sein ist überhaupt nicht lustig.«

»Ja, schon gut«, stimmte Finn ihr zwar zu, den Gedanken an Ronja mit der Bärchendecke fand er trotzdem lustig. Und er brachte ihn auf die Frage: »Wieso ist Ronja eigentlich obdachlos? Hat die keine Eltern? Oder wohnen die auch auf der Straße? Ist das überhaupt erlaubt, obdachlose Kinder?«

Oscar und Joanna wussten es auch nicht.

Joanna suchte dennoch nach einer Erklärung: »Ich glaube, es gibt viele verschiedene Gründe, weshalb es Straßenkinder gibt.«

»Ja«, pflichtete Oscar ihr bei. »Einige sind bestimmt einfach von zu Hause weggelaufen. Weil sie aber auch nicht in ein Heim wollen, leben sie auf der Straße. Und verstecken sich.«

»Kann ich ein bisschen verstehen«, stimmte Finn zu. »Ich meine, wenn ich ein richtig schreckliches Zuhause hätte, würde ich auch abhauen, bevor ich in ein Heim ginge. Heim ist bestimmt voll blöd.«

»Auf der Straße leben ist auch voll blöd«, schränkte Oscar ein.

Das war natürlich richtig, musste Finn zugeben.

»Genauso muss es bei Kindern sein, die ihre Eltern verloren haben«, überlegte Joanna laut weiter. »Verkehrsunfall oder so. Und sonst keine Verwandten. Was macht man dann? Dann hast du auch wieder nur die Wahl: Heim oder Straße!«

»Oh Mann«, stöhnte Oscar. »Horror!«

»Wenn deinen Eltern etwas zustößt, kannst du zu uns kommen, Oscar!«, bot Finn schnell an.

»Danke«, antwortete Oscar. »Und ihr zu mir!«

Finn zeigte ein dankbares Lächeln.

»Leute!«, ging Joanna dazwischen. »Wie seid ihr denn drauf? Unseren Eltern wird schon nichts passieren!«

»Nein!«, sagte Oscar erleichtert. Und dachte weiter nach. »Aber in anderen Ländern, ich meine, da wo Krieg herrscht und so. Da kann den Eltern schnell was passieren. Und dann müssen die Kinder weg, um zu überleben. Die kommen dann zu uns.«

»Und können die Sprache nicht und kennen keinen«, ergänzte Joanna. »Von denen landen dann bestimmt auch einige auf der Straße.«

»Aber es gibt doch Unterkünfte«, wusste Finn. Gar nicht weit von ihrem Zuhause in Deutschland hatte man einige Flüchtlinge in einer umgebauten Kaserne untergebracht.

»Klar!«, sagte Joanna. »Das ist dann wieder wie Heim. Da hauen manche bestimmt lieber ab.« Joanna räumte einen Karton beiseite, um weiter hinten auf dem Dachboden nachsehen zu können.

»Wir können Ronja ja mal fragen«, schlug sie vor. »Aber wahrscheinlich wird sie uns nichts darüber erzählen wollen. Aber ich finde sie nett. Und so, wie sie uns bei unserem Fall hilft, vielleicht können wir hinterher etwas für sie tun? Was meinst du, Oscar?«

Oscar zog die Schultern hoch. »Keine Ahnung!«

»Ich werde sie jedenfalls mal nach ihren Eltern fragen!«, nahm Joanna sich vor. Sie kramte aus der hintersten Ecke nun einige Decken hervor.

»Fünf Stück«, sagte sie. »Besser als nichts.«

Finn kaute nachdenklich auf seiner Unterlippe. »Ich weiß nicht. Ich denke, da schlafen Hunderte Obdachlose da draußen, und wir kommen mit fünf läppischen Decken? Wirkt das nicht ein bisschen albern?«

»Hilfe ist nie albern!«, stellte Joanna klar, räumte dann aber ein: »Fünf Decken ist wirklich ein bisschen mickrig.«

»Vielleicht könnten wir etwas zu essen machen?«, schlug Oscar vor.

Joanna zog die Augenbrauen hoch, auch Finn wurde hellhörig.

»Wie?«, fragte er. »Stullen, oder was?«

»Pytt i panna«, schlug Oscar vor. »Das ist ein schwedischer Rindfleischeintopf. Mit Kartoffeln, Speck und Zwiebeln. Ich find den total lecker.«

»Du meinst, wir können so etwas kochen?« Schon an ihrer Frage merkte Finn, dass seine Schwester große Lust hatte, sofort in die Küche zu gehen und dort eine eigene Suppenküche zu eröffnen.

Oscar überlegte. »Ich denke schon. Meine Eltern gehen nur ein Mal pro Woche einkaufen, und dann immer gleich größere Mengen. Meine Mutter mag es, Vorräte im Haus zu haben. Rindfleisch haben wir zwar im Moment nicht, aber erst gestern hat ein Freund meines Vaters uns Elchfleisch für die Kühltruhe gebracht.«

»Elchfleisch?«, fragte Finn.

Oscar nickte. »Klar! Elche und Rentiere werden hier gegessen wie bei euch Schwein und Rind. Total normal.«

»Rentier?« Wieder kam die Frage von Finn. »Diese Tiere, die den Schlitten vom Weihnachtsmann ziehen?«

Joanna lachte laut los. »Finn, du bist manchmal auch so ein Weihnachtsmann!«

Aber sie fand Elche und Rentiere auf dem Speiseplan natürlich genauso ungewöhnlich. Trotzdem brannte sie darauf, es nicht nur selbst zu probieren, sondern vor allem auch, sofort loszulegen.

»Es macht Spaß, wir helfen den Obdachlosen und die Tarnung für unseren Kriminalfall ist perfekt! Also los!«, strahlte sie.

Sogar Finn war einverstanden, denn der Dachboden seines Onkels war wirklich das Langweiligste, das er je gesehen hatte. Genau wie ihr eigener Keller zu Hause. Da fand man auch nichts anderes als seine aussortierten Bilderbücher, die über die Jahre durch die Feuchtigkeit schimmelig geworden waren.

Oscars Eltern waren nach ihrer ersten Verblüffung nun doch sehr vom Eifer der Kinder angetan. Trotzdem hatten sie nach wie vor Zweifel, ob sie die Kinder wirklich alleine losgehen lassen könnten. Aber sie bekamen Besuch und konnten selbst nicht weg. Und die Begeisterung der Kinder dafür, etwas Gutes zu tun, wollten sie auch nicht bremsen.

»Wer tut schon Kindern etwas an, die Sachen an Arme verschenken?«, argumentierte Joanna.

Doch das konnte das Unbehagen von Onkel Thomas und seiner Frau nicht mildern. Denn Stockholm war bei Weitem nicht so friedlich, wie es auf den ersten Blick wirkte. Weshalb diese Stadt ja vielen Krimiautoren auch als dankbare Kulisse diente.

»Wir waren sogar in Berlin schon allein unterwegs«, brachte Joanna als ihr letztes Argument vor. Eines, das bei ihrem

Onkel sichtbaren Eindruck hinterließ. Es war bekannt, dass Berlin nicht nur die politische Hauptstadt Deutschlands war, sondern auch die Hauptstadt der Kriminalität. In keiner anderen deutschen Stadt wurden so viele Straftaten begangen und war die Aufklärungsquote so gering. Schließlich lenkte Onkel Thomas ein. Wenn sein Bruder die eigenen Kinder in einer solchen Stadt alleine losziehen ließ, dann konnte er sie sicher für ein Stündchen in Stockholm Suppe ausschenken lassen.

Joanna hatte es wieder einmal geschafft, ihr Ziel zu erreichen.

Sofort machten sich die drei Kinder mit tatkräftiger Hilfe von Oscars Eltern daran, das Elchfleisch aufzutauen und die Suppe vorzubereiten. Tante Agneta kramte dafür den größten Topf aus den hinteren Regalen hervor, den sie hatte. Onkel Thomas holte den alten Bollerwagen, in dem Oscar als Kleinkind herumkutschiert worden war, aus einem Abstellraum hervor. Damit konnten die Kinder später den heißen Topf schnell und sicher zum Hauptbahnhof fahren.

Nachdem sie einen Berg Gemüse gewaschen, geschnitten und schließlich mit dem Fleisch zusammen gekocht hatten, war der Eintopf fertig und roch – köstlich!

Und so schmeckte er auch.

Abends um acht ging es endlich los. Seit zwei Stunden war es bereits dunkel.

»Ist schon komisch«, sagte Joanna mit einem Blick auf Oscar. »Wenn man bedenkt, wie spät die Sonne bei euch im Sommer untergeht, oder?«

»Bei uns geht die Sonne nicht viel später unter als bei euch«, stellte Oscar richtig. »So gegen zehn Uhr abends. Aber sie geht viel früher auf: schon morgens um halb vier. Im Juni ist es bei uns achtzehneinhalb Stunden taghell.«

»Jetzt ist es jedenfalls tiefste Nacht«, stellte Finn fest. Aber es hatte für ihn nichts Bedrohliches. Die engen Straßen und Gassen Stockholms wurden vom warmen Licht der Straßenlaternen beleuchtet, das sich in dem vielfach vorhandenen Kopfsteinpflaster spiegelte und die teilweise über hundert Jahre alten Häuser mit einem geheimnisvollen Schein überzog. Da im kalten Frühjahr bei Weitem nicht so viele Touristen in der Stadt waren wie im Sommer, fanden die Kinder manche Straßen so menschenleer vor, als hätte man sie für die Aufnahmen eines historischen Films abgesperrt. Eigentlich wiesen nur das elektrische Licht und die beleuchteten Fenster der Geschäfte darauf hin, dass sie nicht gerade mit einer Zeitmaschine in die Vergangenheit gereist waren. Vor allem Finn hätte es nicht gewundert, wenn im nächsten Moment eine Kutsche vorgefahren wäre oder sich Männer in langen Gewändern und mit Degen bewaffnet zum Duell getroffen hätten. Finn war so angetan von der Abendstimmung in Stockholm, dass er stehen blieb und mit seinem Smartphone ein paar Aufnahmen machte.

Beim letzten Bild huschte leider Joanna vor die Linse.

»Hilf mit, den Bollerwagen zu ziehen«, bat sie. »Auf dem Kopfsteinpflaster habe ich Angst, dass zu viel Suppe überschwappt.«

Um das zu verhindern, hatten sie den Deckel vorsorglich mit Klebeband gesichert, den Topf in eine Mülltüte gesteckt und zusätzlich, um die Wärme zu halten, zwei Decken um alles herumgewickelt. Finn konnte sich beim besten Willen nicht vorstellen, wie da etwas überschwappen sollte, aber statt zu widersprechen, steckte er das Smartphone ein und packte mit an.

So zogen sie langsam, klappernd und ruckelnd über die Kopfsteinpflasterstraßen, weiter zur Brücke, wo sie wieder glatten Asphalt vorfanden, aber auch mehr Lärm, Menschen und Autos, und sie die magische Stimmung der Altstadt hinter sich lassen mussten. Vor ihnen lag die Hauptverkehrsstraße, über die sie zum Hauptbahnhof gelangen würden. Doch am Ende der Brücke sahen sie Ronja, die ihnen schon von Weitem ein Stopp signalisierte.

Bevor Joanna fragen konnte, was los sei, erklärte Ronja ihnen, dass sie zum Söder Mälarstrand gehen müssten.

Kaltes Chaos!

»Zum Strand?«, staunte Finn.

Er hatte nicht gewusst, dass es in der Nähe einen richtigen Strand gab.

Oscar erklärte ihm, dass es nur in früheren Zeiten mal ein echter Strand gewesen war. Heute war es eine kilometerlange Kaimauer, an der unzählige Hausboote vor Anker lagen und die auf der anderen Straßenseite von zahlreichen Geschäftshäusern, Büros und Gewerbegebieten gesäumt wurde.

»Und was ist da?«, wollte Joanna wissen.

»Dort wurde der Volvo mit der Reifenpanne gesichtet!«, berichtete Ronja.

Joanna war wie elektrisiert. »Was? Nix wie hin!«

Finn schaute auf ihren Bollerwagen mit dem heißen Eintopf. »Und das hier?«

Einem ersten Impuls folgend, wollte Joanna schon sagen, dass er ihr egal war, jetzt, wo sie dem Wagen so dicht auf der Spur waren. Aber dann zögerte sie … Die Obdachlosen hatten wirklich Hunger, auch wenn es nicht zu ihrem Plan passte. Sie konnten etwas Warmes zu essen ebenso brauchen wie die Decken, die die Kinder bei sich hatten. Durften sie das alles einfach so stehen und liegen lassen, nur um den Volvo weiter zu verfolgen? Joanna biss sich nachdenklich auf die Unterlippe.

»Du hast recht, Finn«, räumte sie ein. »Wir müssen erst unsere Sachen verteilen.«

»Aber der Volvo …?« Oscar leuchtete ein, was Finn und Joanna sagten. Aber andererseits … Was war mit ihrer Spur?

Ronja konnte nicht sagen, ob am Ufer mit den Hausbooten auch Obdachlose übernachteten. Zwar hatten welche den Volvo dort erkannt, aber die waren mittlerweile am Bahnhof angekommen, wo Ronja sie auch getroffen hatte.

»Das heißt, wenn wir jetzt zum Ufer gehen statt zum Bahnhof, treffen wir dort vielleicht gar keinen mehr. Inzwischen wird aber unser Eintopf kalt«, stellte Joanna fest.

»Also erst zum Bahnhof!«, schlug Finn vor. »Dort können wir den Eintopf ausgeben und die befragen, die den Volvo gesehen haben.«

Die anderen fanden den Vorschlag gut. So zogen die vier weiter zum Bahnhof, um ihre Gaben loszuwerden – was allerdings ganz anders verlaufen sollte, als Finn und Joanna es sich vorgestellt hatten.

Kaum hatten sie nach ihrer Ankunft den Deckel des Topfes gelüftet und laut gerufen, dass sie etwas Warmes zu essen dabeihätten, stürmte eine Gruppe Obdachloser wie ein Schwarm Heuschrecken auf sie zu. Einer entriss Joanna die Schöpfkelle, während sich die anderen schon wie wild über den Eintopf hermachten. Manche füllten ihre mitgebrachten Behälter so voll, dass sie überzulaufen drohten. Sie schaufelten sich den Eintopf in alles, was sie nur zu fassen bekommen hatten. Nur wenige hatten so etwas wie Campinggeschirr dabei. Die meisten kamen mit alten Pappschalen von Burgern, einige nur mit Plastik-Trinkbechern. Und die, die gar nichts hatten, versuchten, mit der Schöpfkelle direkt aus dem Topf zu essen. In null Komma nichts war um den Topf ein wildes Gerangel und Geschubse entstanden. Es wurde geschrien und gepöbelt, und einige der Obdachlosen schienen sogar kurz davor, handgreiflich zu werden.

Finn erinnerte das an Szenen, die er nur aus dem Fernsehen von Fußballübertragungen kannte, wenn nach einem schweren Foul sofort eine Rudelbildung und ein wildes Handgemenge entsteht und der Schiedsrichter der Situation kaum Herr wird.

Und hier gab es noch nicht einmal einen Schiedsrichter. Es gab nur den verführerischen Duft des heißen Eintopfs und vier Kinder, die niemand als Ordnungskräfte ernst nahm.

»Hey!«, versuchte Joanna es trotzdem. »Spinnt ihr? Der Eintopf soll für alle reichen. Gebt doch etwas ab! Hey, hört auf. Stellt euch in die Schlange!«

Natürlich verstand sie niemand. Aber selbst wenn sie Schwedisch gesprochen hätte, hätte wohl kaum jemand auf sie gehört. Joanna hatte keine Ahnung, wie hoch der Anteil der Schweden unter den Obdachlosen hier am Bahnhof war. Wie ihr schien, der weitaus geringere Teil. Das gierige Zulangen ohne Rücksicht auf andere, wenn es schon mal etwas zu essen gab, schien international verbreitet zu sein.

Völlig hilflos und traurig standen die Kinder jetzt da und mussten mit ansehen, wie ein knappes Dutzend* rabiater Obdachloser ihren Eintopf plünderte, während Finn weiter hinten ein paar Kinder sah, die ängstlich und hungrig bei ihren Eltern standen und sicher auch gern etwas gegessen hätten.

»Hört auf!«, brüllte Joanna, der der Geduldsfaden riss. Sie sprang einem der Rüpel entgegen, der vermutlich kaum älter als siebzehn oder achtzehn war, und trat ihn mit voller Wucht gegen's Schienbein. Der ließ vor Schreck und Überraschung seine prall gefüllte Pappschachtel fallen, was ihn wütend machte. Gerade wollte er wohl auf Joanna losgehen, doch die brüllte ihn so entschlossen an, dass der Rüpel einen Rückzieher machte.

»Haben Sie dich gebissen? Verschwinde! Andere haben auch Hunger!« Joanna gab dem Mann einen kräftigen Stoß.

Finn hielt den Atem an. Das hätte er sich nie im Leben getraut. Er hatte keine Ahnung, welcher Nationalität der junge Mann angehörte. Aber jetzt packte ein deutlich älterer Mann den Rüpel von hinten am Arm und schimpfte in einer fremden Sprache fürchterlich auf ihn ein. Offenbar ein Landsmann, oder zumindest einer, der dieselbe Sprache sprach. Vielleicht sogar sein Vater, kam es Finn in den Sinn. Der Ältere packte den Rüpel jedenfalls am Kragen, schüttelte ihn durch, stauchte ihn mit scharfen Worten zusammen und stieß ihn so hart zurück, dass dieser über seine eigenen Füße stolperte, sich sogleich aber wieder aufrappelte und sich aus dem Staub machte.

* Ein Dutzend = eine Menge von zwölf Stück, hier also etwa zehn oder elf Obdachlose

›Wohl doch nicht sein Vater‹, dachte Finn. Der Ältere sah dem Jüngeren einen Augenblick nach, vergewisserte sich, dass er auch wirklich verschwunden war, drehte sich dann zu Joanna um, setzte ein freundlich-entschuldigendes Lächeln auf, streckte seine Hand aus und kam auf Joanna zu.

»Sorry!«, sagte er auf Englisch, als müsste er sich für den Rüpel entschuldigen.

Joanna bedankte sich auf Englisch, doch es stellte sich heraus, dass der Alte gar kein Englisch konnte. Ebenso wenig Schwedisch. Welche Sprache er sprach, blieb für die Kinder offen. Fest stand, dass er nett und höflich war und Joanna geholfen hatte. Da der Mann groß war und breite Schultern hatte, zogen sich jetzt auch die anderen Plünderer ein wenig zurück. Der Alte ging auf einen von ihnen zu, nahm ihm, ohne zu fragen, eine volle Schale aus der Hand, ging auf die Kinder im Hintergrund zu und reichte einem von ihnen den Eintopf. Der Plünderer, der seine Schale losgeworden war, wagte keinen Widerstand. Der Alte führte die anderen Kinder und deren Eltern in aller Ruhe zu Finn und seinen Freunden und machte ihnen freundlich ein Zeichen, den Eintopf nun auszugeben.

Die Plünderer hörten auf zu essen. Zwei, drei von ihnen traten vor und gaben von ihren im Übermaß gefüllten Schalen wieder etwas zurück. Andere Obdachlose, die sich bislang nicht an die plündernde Horde herangetraut hatten, kamen nun langsam näher und stellten sich geordnet hinter den Familien in die Schlange, in der Hoffnung, auch noch etwas von dem Eintopf zu bekommen.

In wenigen Minuten war aus einer brüllenden, pöbelnden und plündernden Horde eine ruhige, geordnete Warteschlange geworden, die dankbar das Essen annahm, das Joanna mit der Schöpfkelle ausgab. Alles nur dank der Ausstrahlung und der Autorität des großen Mannes, der nun neben dem Bollerwagen stand und den Kindern zufrieden zunickte.

Joanna bedankte sich nochmals auf Englisch. Sie übergab Finn die Schöpfkelle und er und Oscar verteilten weiter das Essen. Währenddessen ging Joanna auf den großen Mann zu, stellte sich vor und erfuhr zumindest den Namen des Mannes: Nedjo. Sie zeigte ihm das Bild des Obdachlosen, den sie suchten. Vielleicht kannte er ihn?

Es dauerte ein wenig, aber nach vielem Gestikulieren von Joannas Seite verstand Nedjo, was sie von ihm wollte. Leider schüttelte er dann den Kopf: Nein, er hatte den Mann noch nie gesehen. Ein weiterer Obdachloser kam hinzu, der nicht nur Nedjos Sprache, sondern auch Schwedisch sprach. Joanna atmete auf. Das vereinfachte nun doch vieles, wenngleich es noch immer umständlich blieb. Joanna erklärte Oscar ihr Anliegen, der übersetzte es ins Schwedische, der dazugekommene Obdachlose, der sich als Ceija vorstellte, dann in Nedjos Sprache. Anschließend das Ganze wieder zurück. Das war zwar immer noch recht anstrengend, aber es funktionierte. Auf diese Weise erzählte Nedjo: Wenn er den Obdachlosen auf dem Foto noch nie gesehen hatte, dann war dies gleichbedeutend mit der Tatsache, dass der Mann in den vergangenen drei Monaten auch garantiert nicht am Bahnhof oder an anderen einschlägigen Treffpunkten der Obdachlosen gewesen war. Sonst hätte er ihn ganz gewiss mindestens einmal, vermutlich aber öfter gesehen. Nedjo schwor, dass er sich an jedes Gesicht, das er einmal sah, erinnern könne.

Dieser wundersamen Fähigkeit traute Joanna zwar nicht so ganz. Dass der Obdachlose aber nicht gesehen worden war, entsprach jedoch dem Verdacht, den sie schon eine Weile hegte und der sich immer mehr verhärtete: Nach allem, was sie bisher erfahren hatten, war der Mann überhaupt kein Obdachloser, sondern spielte nur einen.

Aber weshalb? Wer tut freiwillig so, als wäre er obdachlos? Und wo schlief er? Besaß er irgendwo heimlich eine Wohnung, in die er sich in kalten Nächten zurückzog? Zog er nur tagsüber durch die Straßen? Wenn ja, weshalb?

Joanna kam mit ihren Überlegungen nicht weiter. Sie warf einen Blick auf die Uhr und hoffte, sie könnten bald zu dem gefundenen Volvo gehen, um dort nach neuen Spuren zu suchen.

»Und was, wenn die Entführung gar nicht echt war?«, sagte sie nachdenklich vor sich hin, gerade laut genug, dass Finn es mitbekam.

»Wie meinst du das?«, fragte er nach, während Oscar ihm den Topf schräg hielt, damit Finn die Reste des Eintopfs besser herauskratzen konnte.

Joanna erinnerte Finn an ihren Fall in Berlin. Auch dort hatten sie einen Überfall beobachtet. Das Opfer war davongerannt und in eine Limousine eingestiegen. Sie hatten damals zunächst an eine Entführung geglaubt. Später hatte sich jedoch herausgestellt, dass es sich bei dem vermeintlichen Opfer um einen Politiker handelte, der lediglich abgeholt worden war.

»Du meinst, so ähnlich ist es bei unserem Obdachlosen?«, fragte Oscar.

Joanna nickte.

Doch Finn wandte ein: »Nur mit dem Unterschied: Unser Obdachloser hier ist nicht selbst zum Volvo gelaufen, sondern der Volvo kam herangefahren, zwei Männer sind herausgesprungen und haben den Obdachlosen in den Wagen hineingezerrt. Eine eindeutige Entführung!«

»Aber niemand entführt einen Obdachlosen!«, wandte Oscar ein. »Mit dem ist doch kein Geld zu machen!«

»Aber es weist immer mehr darauf hin, dass er gar kein Obdachloser ist!«, gab Joanna zu bedenken.

Oscar war verwirrt: »Was soll er denn sonst sein?«

»Was, wenn er das nur als Tarnung benutzt?«, fragte Joanna. »Die Entführer kennen seine wahre Identität, die offenbar für sie wertvoll ist. So gäbe eine Entführung doch Sinn.«

Finn kratzte die letzte Portion aus dem Topf. Er war froh, dass ihr Eintopf gereicht hatte für die, die sich in die Schlange gestellt hatten. Er hätte es nur schwer übers Herz gebracht, jemandem sagen zu müssen, dass er vergeblich gewartet hatte. Zwar hätte er selbst auch noch gern einen Teller voll gegessen, da er schon wieder ein leichtes Hungergefühl verspürte, aber es war für ihn auch so in Ordnung. Zufrieden setzte er den Deckel auf den nun leeren Topf, während Oscar die paar Decken heraussuchte, die sie mitgebracht hatten. Joanna klärte mit Oscars Hilfe, dass sie den leeren Topf hier stehen lassen und erst später abholen konnten.

Endlich hatten sie Zeit, zu den Hausbooten zu gehen und sich dort nach dem Volvo umzusehen.

Endlich eine heiße Spur!

Während Joanna, Finn und Oscar noch das Essen austeilten, hatte Ronja die Obdachlosen befragt, die den Volvo gesehen hatten, und sich eine genaue Beschreibung geben lassen, wo der Wagen gestanden haben sollte.

Aber als die vier Kinder endlich dort ankamen, war der Volvo nicht mehr da.

»Bist du sicher, dass es hier gewesen ist?«, fragte Joanna.

Ronja bestätigte das: Söder Mälarstrand Nummer 91, direkt neben der Einfahrt einer Tiefgarage, die offenbar zu den darüber- und dahinterliegenden Gebäuden aus rotem Backstein gehörte. Auf der anderen Seite der Straße verlief der *Riddarfjärden*, ein Kanal, auf dem einige Hausboote vor Anker lagen.

›Was wollen die ausgerechnet hier?‹, fragte sich Joanna.

Die Straße davor war wie ausgestorben, besonders jetzt in der Nacht. Nicht einmal auf den Hausbooten schien jemand zu sein. Jedenfalls brannte auf keinem der Boote Licht. Dennoch hätte Joanna eher damit gerechnet, dass der Volvo auf einem einsamen, verlassenen Fabrikgelände gesehen worden wäre als hier in der Stadt.

»Angenommen, die haben den entführten Mann wirklich hierhergebracht«, überlegte sie laut. »Wo würde man ihn hier verstecken? In der Tiefgarage, wo die Mieter ihre Autos rein- und rausfahren? Und einen kleinen Extraraum gibt es dort bestimmt auch keinen.«

»Vielleicht da drüben, auf einem der Hausboote?«, überlegte Finn.

Joanna schüttelte den Kopf. »Das glaube ich nicht. Die müssen dem doch Essen und Trinken bringen. Das sehen die von den benachbarten Booten doch. Ich nehme mal an, die haben hier alle ihren festen Liegeplatz und kennen sich untereinander.«

»Und sie müssten ihn die ganze Zeit knebeln«, fiel Oscar ein. »Sonst könnte er ja um Hilfe rufen und man würde ihn auch hören.«

»Also doch unten in der Tiefgarage?« Finn fiel sonst keine andere Möglichkeit ein. Außer: »Es sei denn, die obdachlosen Zeugen haben gelogen und hier gar keinen Volvo gesehen.«

»Warum sollten sie?«, fragte Joanna. Sie hatten keine Belohnung ausgesetzt. Einen falschen Hinweis zu geben, brachte den Zeugen keinerlei Vorteile.

»Und was, wenn er auf ein Boot gebracht wurde, das dann abgelegt hat?«, fragte Ronja plötzlich mithilfe von Oscars Übersetzung.

Joanna drehte sich um und schaute rüber zu den Booten. In der Tat sah man dort einige Lücken, wo vorher durchaus ein Boot gelegen haben könnte.

»Kein dummer Gedanke!«, lobte Joanna.

»Das Problem ist«, wandte Oscar ein. »Wenn das stimmt, dann können die überall und nirgends sein. Man kann fast überall in Stockholm mit dem Boot fahren. Theoretisch sogar bis Russland. Von dort hinten, wenn wir von Gamla Stan aus nach links gegangen wären statt nach rechts, fährt eine Fähre direkt nach St. Petersburg.

»Nach Russland?«, wiederholte Finn und verzog die Mundwinkel.

»Ich sag ja nur: theoretisch«, meinte Oscar.

Joanna trat dicht ans Ufer und schaute hinüber auf das beleuchtete Stockholm. Sie erkannte das *Stadhus*, eines der Wahrzeichen Stockholms. Dann ließ sie ihren Blick über ihre Uferseite streifen. Doch nicht sie, sondern Finn entdeckte etwas.

»Seht mal!« Finn zeigte auf eines der Boote, an das der Besitzer lebensgroße Piraten-Figuren montiert hatte. Das sollte wohl ein Gag eines kleinen Hotel-Schiffes sein. Aber auch das schien leer zu sein.

»Zu früh und zu kalt«, erklärte Oscar. »Im Sommer ist es meist ausgebucht. So wie auch viele nur im Sommer auf ihren Hausbooten wohnen. So ein Hausboot zu heizen kostet reichlich Energie.«

»Also einerseits die ideale Jahreszeit, um jemanden hier verschwinden zu lassen. Aber äußerst ungünstig, um jemanden zu verstecken«, überlegte Joanna laut. »Denn wenn jemand auf einem Hausboot den Ofen anwirft, würde man ja den Rauch meilenweit sehen und jeder wüsste, dass dort jemand ist.«

Finn wurde ganz blass. »Du meinst, vielleicht haben sie den Mann gar nicht mit einem Boot fortgebracht, sondern …«

Finn mochte seinen Gedanken nicht aussprechen. Er schaute nur mit Entsetzen auf das pechschwarze Wasser und stellte sich vor, die Entführer hätten ihr Opfer hier – versenkt! »Meine Güte!«, hauchte er. Es schauderte ihm bei dem bloßen Gedanken.

»Ausschließen können wir es nicht«, stellte Joanna nüchtern fest, die Finns Gedanken sofort erfasst hatte.

Allen vieren war klar: Sie hatten viel zu wenige Indizien, um die Polizei zu verständigen. Oder umgekehrt: Wenn die Polizei die Sache trotzdem ernst nahm, würde sie womöglich gleich mit einer ganzen Taucher-Kolonne anrücken, um auf dem Grund des Flusses nach der Leiche zu suchen.

Wenn Joanna es genau betrachtete, hatten sie für ihre abenteuerliche These eigentlich kein einziges richtiges Indiz. Sie hatten nur ihre Vorstellungskraft, in der es eben möglich sein konnte, dass der Mann ins Wasser geworfen worden war.

»Oder es stimmt beides«, mutmaßte Oscar. »Sie haben den Mann umgebracht, fahren mit der Leiche nun hinaus ins tiefere Wasser oder sogar aufs offene Meer und lassen sie dort erst verschwinden. Alles ist möglich.«

Je länger sie mutmaßten, desto mulmiger wurde Finn. Immer nervöser schaute er sich um. Die fast verlassene, kaum beleuchtete Uferstraße, auf der einen Seite gesäumt von Bürogebäuden und Gewerbebetrieben, in denen zu dieser Uhrzeit kein Mensch mehr war, und auf der anderen Seite von unbeleuchteten Hausbooten, in denen zu dieser Jahreszeit auch niemand verweilte. Außer, dass ab und zu ein Auto die Straße entlanggefahren kam, waren sie hier mutterseelenallein. Es war kalt, feucht und dunkel. Selbst wenn sie um Hilfe schreien würden, wer sollte sie hier hören? Und wenn gerade ein Zug über die nahe liegende Eisenbahnbrücke fuhr, dann würde erst recht niemand ihre Rufe wahrnehmen.

Und wer sagte ihnen eigentlich, dass sich die Entführer nicht mehr in der Nähe aufhielten? Nur weil ihr Auto nicht mehr hier stand? Vielleicht hatten sie es nur hundert Meter weiter weg geparkt? Oder einfach hinunter in die Tiefgarage gefahren? Und jetzt lagen sie irgendwo auf der Lauer und beobachteten, wie Finn und seine Freunde hier herumschnüffelten. Denn genau das taten sie ja gerade: Sie schnüffelten vermeintlichen Mördern hinterher! Waren sie eigentlich noch ganz bei Trost? Sie sollten machen, dass sie von hier wegkamen! Und zwar so schnell wie möglich! Nicht einmal ihr Onkel wusste, dass sie hier am Ufer bei den Hausbooten herumlungerten. Der dachte doch, sie wären am Bahnhof, um Suppe zu verteilen!

Nein, das war gar keine Frage: Sie mussten von hier verschwinden.

Als Finn es seiner Schwester gerade sagen wollte, legte Joanna den Finger auf ihre Lippen und flüsterte eindringlich: »Pst! Seid mal leise! Da war ein Geräusch!«

Finn fuhr erneut der Schreck in die Glieder.

»Was für ein Geräusch?«, flüsterte er.

»Als ob etwas gegen eine Bootswand stößt«, sagte Joanna.

»Vielleicht schwappt die Leiche gegen ein Boot!«, lautete Oscars Vermutung.

»WAS?«, quiekte Finn auf.

»Oscar!«, wies Joanna ihn zurecht. »Hast du sie nicht mehr alle? Hast du vielleicht noch ein paar weitere Horror-Vorschläge auf Lager?«

»Wieso?«, verteidigte sich Oscar. »Könnte doch sein!«

Joanna verzog die Mundwinkel. Manchmal ging mit ihrem Cousin wirklich die Fantasie durch.

»Ich dachte eher, dass unser Mann noch lebt, in einem der Boote festgehalten wird und nun von innen gegen die Bootswand tritt, um auf sich aufmerksam zu machen«, erklärte sie.

Finn hielt das eigentlich für genauso unwahrscheinlich wie Oscars Idee, allerdings war ihm die Vorstellung seiner Schwester deutlich lieber.

Joanna zog ihre Taschenlampe hervor und begann, das Wasser zwischen den Booten abzuleuchten.

»Was suchst du?«, fragte Finn. »Ich denke, das Geräusch kam aus dem Innern eines Bootes?«

»Spuren!«, antwortete Joanna. »Wenn sie unseren Mann wirklich hierher zu den Booten geschleppt haben, haben sie vielleicht Spuren hinterlassen.«

Sie ließ den Lichtkegel vom Wasser auf die Straße gleiten. Meter für Meter leuchtete sie alles ab, entdeckte aber nichts. Dann hielt sie plötzlich inne.

»Da war doch was!«

Finn hatte auch dieses Mal nichts gehört.

»Doch, doch!«, beharrte Joanna. »Ganz bestimmt. Es kam von dort drüben!«

Sie lief ein paar Meter weiter, blieb stehen und horchte.

Finn wurde es allmählich zu viel. Wieder kam ihm der Gedanke, wie gefährlich es hier für sie sein konnte; wie hoch die Wahrscheinlichkeit war, dass die Entführer zurückkehrten oder immer noch hier waren. Zwar ging seine Schwester im Moment nicht mehr von einem Mord aus, weil sie dieses Geräusch gehört hatte. Aber das konnte ein riesiger Irrtum sein. Vielleicht hatten die Entführer den Mann doch umgebracht, ins Wasser geworfen, und sie – Finn und seine Freunde – würden nun die Nächsten sein.

»Joanna, wir sollten …«, setzte Finn an.

Doch Joanna unterbrach ihn sofort.

»Schscht!« Sie zeigte auf eines der Hausboote. »Es kam von dort!«

Sie lief weitere drei, vier Meter voran, leuchtete das Hausboot ab und dann …

»Där!« Jetzt war Ronja es, die etwas entdeckt zu haben glaubte.

Joanna leuchtete in die angezeigte Richtung. Sie sah, was Ronja meinte, und – ließ enttäuscht die Taschenlampe sinken.

Finn hatte es trotzdem schon gesehen: Ein altes, leeres Holzfass, das den Hausbootbesitzern offenbar als Terrassentischchen diente, war umgefallen, rollte auf dem leicht schwankenden Boot hin und her und stieß dabei immer gegen den Aufbau des Schiffes.

»Na toll!« Finn atmete durch. Nur ein Fass!

Allerdings konnte das im Umkehrschluss auch heißen: Joanna hatte mit ihrer Annahme, der Mann würde auf einem der Boote gefangen gehalten, unrecht. Somit hatten die Entführer den Mann also vielleicht doch umgebracht und im Fluss entsorgt? Die Entführer waren also möglicherweise wirklich Mörder? Und zwar welche, die jede Sekunde wieder hier auftauchen konnten!

Genau in dem Moment, als Finn das dachte, rief Oscar: »Da kommt jemand! Ich höre Schritte!«

»Scheiße!«, jammerte Finn. »Nichts wie weg!«

Er wollte losrennen.

Doch Joanna hielt ihn fest.

»Zu spät! Wenn wir die Straße entlanglaufen, sehen sie uns.« Sie schaute sich kurz um, dann entschied sie: »Los! Rauf aufs Boot!«

»Was?«, wollte Finn protestieren.

Doch da war Joanna bereits an Deck gesprungen.

Ohne zu fragen oder etwas zu sagen, tat es ihr Ronja gleich. Sie hatte zwar Oscars Warnung nicht verstanden, wohl aber Joannas Handlung. Ronja spürte genau, dass Gefahr auf sie zukam.

Kaum an Bord, richtete Ronja das Fass wieder auf und ging dahinter in Deckung.

Finn und Oscar fehlte die Zeit, irgendetwas anderes zu überlegen. Auch sie sprangen an Bord. Oscar allerdings rutschte ab, konnte sich zwar gerade noch festhalten, aber knallte dabei unsanft gegen die Reling und stieß sich das Schienbein. Ein unterdrückter Schmerzensschrei hallte durch die Nacht.

»Pst!«, machte Joanna leise, aber verärgert. Sie packte Oscar an den Armen und zog ihn übers Geländer rauf auf Deck, wo er erneut unsanft zu Boden ging. Unter leisem Stöhnen rappelte er sich auf die Knie auf und krabbelte hinter den Aufbau des Hausboots und versteckte sich dort, wo sich die verschlossene Eingangstür des Wohnbereichs befand.

Finn verkroch sich unter einer Gartenbank, die wohl zu dem Fass-Tischchen gehörte. Und Joanna linste um die Ecke des Führerhäuschens.

»Da kommen zwei Typen«, flüsterte sie so leise, dass man sie gerade noch verstehen konnte. »Sie kommen direkt auf uns zu!«

Sie zog den Kopf ein.

Finn und Oscar kauerten sich beide noch mehr zusammen. Von seiner Position aus sah Finn Ronja, die die Ohren spitzte wie eine Katze, die etwas wahrgenommen hatte. Sie verharrte, bewegte sich kein bisschen und lauschte zur Straße.

Joanna wartete ein wenig. Dann traute sie sich, den Kopf wieder ein paar Zentimeter vorzuschieben, damit sie weiter um die Ecke linsen konnte.

Die Männer waren – verschwunden!

»Verdammt!«, schimpfte Joanna. Das konnte doch nicht sein!

Gefährliche Aktion

»Sie sind weg!«, informierte Joanna die anderen. »Aber das kann nicht sein! Eben standen sie noch da!«

Sie zeigte auf die Straße, wo sie die beiden Unbekannten gerade noch gesehen hatte. Ronja rückte zu ihr heran, schaute ebenfalls um die Ecke und tippte Joanna leicht gegen den Arm, um auf etwas aufmerksam zu machen. »Där!«

»Wo?«, fragte Joanna nach. Sie konnte nichts entdecken.

Ronja drehte Joannas Kopf leicht zur Seite, sodass ihr Blick weg von der Straße ging, hin zu den Booten. »Där!«

Joanna kniff die Augen zusammen. Was meinte Ronja? Auf dem Wasser war es längst so dunkel geworden, dass man auf den Booten kaum noch etwas erkennen konnte. Bis auf den fahlen Lichtschein, der durch das kleine Bullauge eines der Hausboote nach außen drang, war hier nichts … Moment mal! Joanna stutzte. DAS war es, was Ronja meinte: das Licht! Das war doch eben noch nicht an gewesen! Oder? Joanna war sich unsicher. Der Lichtschein war so matt und schwach. Gut möglich, dass sie ihn eben übersehen hatte.

Ronja schien zu erahnen, was Joanna bei sich dachte. Sie schüttelte heftig den Kopf, was wohl so viel heißen sollte wie: Das Licht war eben noch nicht an.

›Das wäre natürlich eine Erklärung!‹, dachte Joanna. Die beiden Gestalten waren an Bord gegangen, während Joanna sich hinter der Ecke versteckt hatte. Dadurch hatte sie das nicht mitbekommen und sie hinterher nicht mehr gesehen. Denn die beiden Gestalten hatten sich unter Deck begeben und dort das Licht angeschaltet.

Joanna winkte die Jungs zu sich heran und erläuterte ihnen ihre Beobachtung.

Finn verstand. »Nun bleibt noch die Frage: Sind die beiden wirklich die Entführer, die wir suchen? Oder sind es einfach nur zwei Leute, denen das Hausboot gehört, die unterwegs gewesen sind und sich jetzt schlafen legen? Vielleicht sogar ein Ehepaar?«

»Möglich«, räumte Joanna ein. »Aber unwahrscheinlich.«

Finn zog seine Augenbrauen hoch. »Unwahrscheinlich? Wieso?«

»Die beiden haben kein Wort miteinander gesprochen«, erklärte Joanna. »Das wirkte auf mich nicht wie ein Ehepaar, das gerade aus einem Restaurant oder Kino nach Hause kommt. Eher wie zwei Typen, die etwas vorhaben, genau wissen, was sie zu tun haben, und sich schweigend an die Arbeit machen. Wir haben doch nur ihre Schritte gehört. Außerdem: Hätten normale Hausboot-Besitzer nicht überall Licht gemacht? Auch an Deck, meine ich. Die beiden hier aber gehen schnell, leise und im Dunkeln aufs Schiff, sofort unter Deck und knipsen selbst dort unten nur eine schwache Funzel an.«

»Wow!«, bemerkte Oscar anerkennend, bevor er Ronja alles übersetzte. »Wie eine echte Detektivin!«

»Allerdings alles ohne jeglichen Beweis!«, schränkte Finn ein. »Wie verschaffen wir uns Gewissheit?«

Das war für Joanna keine Frage: »Wir schauen nach!«

Finn hingegen tippte sich an die Stirn. »Wie stellst du dir das vor?«

Wenn es sich um normale Hausboot-Bewohner handelte, würden sie schon Ärger genug dafür bekommen, einfach so mitten in der Nacht bei denen hineinzuplatzen. Aber wenn es tatsächlich die Entführer waren, dann konnte es lebensgefährlich werden!

»Reg dich ab!«, beschwichtigte Joanna. »Wir warten erst mal ab und beobachten nur. Vielleicht gehen die ja gleich wieder.«

Aber auch das fand Finn keine gute Idee. Es war saukalt. Mindestens minus drei Grad, schätzte er. Wie lange wollte Joanna da bitte noch an Deck eines Hausboots ausharren? Ihre Decken hatten sie ja gerade verschenkt. Und auch den heißen Eintopf, den sie vorhin an die Obdachlosen ausgegeben hatten, könnte Finn jetzt selbst gut vertragen. Er fragte sich, wie die Obdachlosen es einen ganzen Winter lang draußen aushielten. Nacht für Nacht, über Monate! Er konnte sich nicht mal vorstellen, nur noch eine Stunde an Deck des Bootes zu bleiben. Dabei war es hier noch windgeschützt und mit der Gartenbank halbwegs gemütlich. Und: Sie hatten Frühling! Nein, als Obdachloser den Winter erleben, das war für Finn undenkbar.

»Wie lange willst du denn hier warten?«, fragte Finn seine Schwester. »Vielleicht legen die sich gerade gemütlich ins Bett. Und dann warten wir bis morgen früh?«

»Natürlich nicht!«, blaffte Joanna ihn an. »Aber wir schauen noch, ob jemand hinauskommt oder ob das Licht ausgeht.«

Aber es geschah nichts von beidem. Stattdessen wurde plötzlich das Hausboot, auf dem sie standen, von einem hellen Lichtschein erleuchtet.

Blitzartig sprangen die Kinder in ihre Verstecke zurück.

»Da kommt ein Auto!«, flüsterte Joanna ihnen zu.

Dass ein Auto vorbeifuhr, war nicht ungewöhnlich. Aber dass es das Boot direkt anleuchtete, war merkwürdig.

»Es kommt auf uns zu. Es parkt hier!«, informierte Joanna die anderen, nachdem sie wieder um die Ecke gelugt hatte.

Das Licht erlosch. Der Fahrer hatte die Scheinwerfer ausgeschaltet.

Jetzt erkannte Joanna: »Das ist der Volvo!«

Ihre Vermutung war also richtig gewesen. Nur drei Boote von ihnen entfernt lagen die Entführer vor Anker. Und zwar bestimmt nicht, weil sie selbst dort wohnten, sondern weil sie auf dem Hausboot sehr wahrscheinlich den entführten Mann versteckten.

»Wollen wir die Polizei verständigen?«, fragte Finn.

Joanna winkte ab. »Nein. Noch wissen wir nicht hundertprozentig, ob der Mann wirklich an Bord ist. Und wenn die Polizei kommt und nichts findet, brauche ich dir nicht zu sagen, was wir dann für einen Ärger bekommen.«

Das stimmte, musste Finn eingestehen. »Aber was machen wir dann?«

»Wir befreien ihn«, antwortete Joanna so prompt und so entschlossen, als hätte sie diesen Plan schon seit Wochen vorbereitet.

Finn hingegen reagierte entsetzt. Vor Entrüstung blieben ihm glatt die Worte im Halse stecken. Er öffnete den Mund, aber mehr als ein empörtes Glucksen kam nicht heraus.

»Schön, dass wir uns einig sind«, konterte Joanna keck.

Glücklicherweise stellte Oscar die Frage, die Finn nicht herausgebracht hatte: »Wie willst du das denn machen?«

Joanna hob die Hand zum Zeichen, dass die anderen einen Moment still sein und innehalten sollten. Die Türen des Volvo öffneten sich. Ein Mann stieg aus, holte zwei Tüten aus dem Kofferraum und reichte sie über den Steg hinweg einem anderen Mann, der gerade aus dem Hausboot heraus auf Deck gekommen war.

Die beiden wechselten ein paar Worte. Dann stieg der eine Mann wieder in den Volvo, startete den Motor und schaltete das Licht ein, woraufhin Joanna und die anderen sich blitzartig zu Boden warfen und dort so lange flach auf dem Bauch liegen blieben, bis der Lichtschein verschwunden war.

Joanna zählte innerlich bis fünf, dann erst wagte sie, ihren Kopf wieder leicht anzuheben und über die Reling hinüber zu dem Hausboot zu schauen. Der zweite Mann war nun ebenfalls verschwunden. Nur die schwache Funzel schimmerte noch durch das eine Bullauge. Das einzige Indiz dafür, dass noch jemand auf dem Boot war.

»Die haben Proviant gebracht«, erklärte Joanna, obwohl die anderen sich das auch schon gedacht hatten.

Plötzlich erhob sich Ronja aus ihrer halb verdeckten Position und setzte sich Richtung Reling in Bewegung.

»Wo willst du hin?«, fragte Joanna.

Oscar übersetzte die Frage und auch gleich Ronjas Antwort: »Sie sagt, sie ist ein obdachloses Straßenkind. Wenn sie an den Hausbooten entlangstreift, fällt das nicht weiter auf. Die Leute – und so auch die Männer – werden denken, sie will betteln oder sich auf den Booten etwas zusammenklauen.

»Klauen?«, hakte Finn nach. »Wie eine Diebin?«

Ronja lächelte schief und erklärte, dass es manchmal auch seine Vorteile hätte, von den Leuten für eine Diebin gehalten zu werden. »Zumindest«, so übersetzte Oscar weiter, »kommt niemand auf die Idee, sie für jemanden zu halten, der Gangster observiert und jagt.«

Ronja zwinkerte Finn zu und sprang ans Ufer, ehe Finn erwidern konnte, dass er eigentlich nicht im Traum daran dachte, ernsthaft auf Gangsterjagd zu gehen. Doch dann wurde ihm bewusst, dass er sich längst mitten in einer Gangsterjagd befand. Seine Schwester hatte es mal wieder geschafft, ihn in diesen Kriminalfall mit hineinzureißen.

Ronja schlich zum Hausboot der Gangster, blieb davor stehen, schaute sich um – und wagte dann, noch näher heranzugehen.

Joanna, Finn und Oscar waren auf ihrem Boot geblieben und versuchten, sie im Auge zu behalten.

Ronja nahm jetzt das Gangsterboot in Augenschein.

Finn stockte der Atem.

»Sie geht aufs Boot!«, entfuhr es ihm lauter als gewollt.

»Pst!«, mahnte Joanna sofort. Und fügte flüsternd an: »Das sehen wir selbst!«

Ronja hatte die kleine Gangway überschritten und stand jetzt auf dem Bug des Bootes. Sie legte den Kopf schräg und schien auf Schritte zu horchen. Anscheinend hatte niemand ihr Kommen bemerkt. Ronja schlich weiter auf die Seite, an der unter Deck das kleine Fenster leuchtete. Sie beugte sich über die Reling, konnte aber nichts Genaueres erkennen. Zumindest gab sie keine Zeichen an die anderen Kinder. Sie richtete sich wieder auf, schaute nun oben durch die Fenster, die aber dunkel waren. Alle schienen unter Deck zu sein.

Dann plötzlich duckte Ronja sich weg und verschwand hinter einer Kiste, die dort stand. Unmittelbar darauf ging die Tür auf und ein Lichtkegel tanzte übers Deck. Einer der Männer war hochgekommen und leuchtete nun die Umgebung ab. Vielleicht hatten sie also doch etwas gehört.

»Scheiße!«, fluchte Joanna leise. »Hoffentlich lässt Ronja sich nicht erwischen.«

Jetzt tauchte auch der zweite Mann auf. Er schloss die Tür hinter sich, die beiden gingen von Bord und dann weiter in Richtung des Bootes, von dem aus Finn, Joanna und Oscar die ganze Szene beobachteten.

»Runter!«, befahl Joanna.

Die drei duckten sich weg.

Die beiden Männer hatten ihre Lampen ausgeschaltet und schlenderten am Kai entlang. Vor dem Boot der Kinder blieben sie stehen.

Finn hielt den Atem an. Er wagte nicht, sich zu rühren. Er traute sich nicht einmal, seinen Kopf zu drehen, um nachzuschauen, ob Joanna und Oscar sich ebenso gut verborgen hielten wie er. Wieso blieben die Männer gerade hier stehen? Ahnten sie etwas? Hatten sie die Kinder gesehen?

Der eine Mann griff in seine Tasche. Finn fürchtete, er würde wieder seine Taschenlampe hervorholen. Stattdessen aber zog der Mann nur eine Zigarettenschachtel aus der Hosentasche, pulte sich eine Zigarette heraus, bot seinem Komplizen eine an, die dieser auch annahm. Dann zündeten sie sich ihre Zigaretten an, nahmen zwei, drei tiefe Züge und – schlenderten weiter.

Noch aber wagte Finn nicht, durchzuatmen. Damit wartete er, bis die beiden Männer gut zwanzig, dreißig Meter entfernt waren.

»Die machen nur einen Spaziergang!«, flüsterte Joanna.

Ihre Blicke huschten hinüber zu Ronja.

Die stand schon längst an Deck und winkte ihnen heftig zu.

Finn erkannte auch, weshalb: Die Tür, die der zweite Mann hinter sich geschlossen hatte, stand sperrangelweit offen.

»Das gibt's doch nicht!«, sagte Joanna. »Ronja hat die Tür aufgebrochen!«

Ronja winkte ihnen weiter heftig zu. Die Kinder sollten zu ihr kommen.

»Los, kommt!«, entschied Joanna und lief los.

Finn und Oscar zögerten einen Moment. Dann folgten sie ihr. Runter vom Boot, über die Kaimauer bis zum Gangsterboot, dort wieder hinauf. Dann standen sie neben Ronja. Finn starrte auf die offen stehende Tür. Nicht die kleinste Schramme war an ihr zu erkennen. Mit anderen Worten: Ronja hatte die Tür nicht aufgebrochen, sondern das Schloss anscheinend fachmännisch aufgehebelt. Wie Agenten im Film.

»Wie hast du die Tür geöffnet?«, fragte er voller Bewunderung.

Doch diesmal tat Ronja so, als würde sie Oscars Übersetzung nicht verstehen. Sie überging die Frage und sagte, dass sie jetzt runtergehen sollten, um nach dem Mann zu sehen.

»Und wenn da noch weitere Bewacher unten sind?«, fragte Oscar ängstlich.

Doch die Frage brauchte Ronja nicht zu beantworten. Joanna gab die Antwort: »Dann hätte der Mann die Tür nicht hinter sich abgeschlossen!«

Sie konnten also annehmen, dass unter Deck nur der entführte Obdachlose saß.

Ronja ließ sich von Finn dessen Taschenlampe geben und ging voran. Langsam, Schritt für Schritt die schmale Treppe hinunter. Nach jedem Schritt hielt sie kurz inne, horchte, ging dann weiter.

Dafür, dass sie sicher waren, dass niemand von den Gangstern mehr an Bord war, ging Ronja aber äußerst vorsichtig, fand Finn. Unten in der Koje angekommen, leuchtete Ronja den engen Raum ab und wurde sofort fündig.

Mit zusammengebundenen Füßen, auf dem Rücken gefesselten Händen und einem Klebeband quer über dem Mund saß der entführte Mann auf dem Boden. Zusätzlich war er noch mit einer etwa zwei Meter langen Eisenkette an den fest verschraubten Tisch, der in der Mitte der Koje stand, angebunden.

Mit weit aufgerissenen Augen starrte er die Kinder an.

Schnell erläuterte Oscar ihm auf Schwedisch, dass er keine Angst zu haben brauchte und sie gekommen waren, um ihm zu helfen.

Der Mann zeigte keine Reaktion, aus der man eine Antwort schließen konnte. So wusste Finn nicht, ob der Mann sie überhaupt verstanden hatte oder ob er einfach noch zu verwirrt war, weil er hier in seinem Gefängnis plötzlich vier Kinder vor sich sah.

Um dem abzuhelfen und dem Mann das Sprechen zu ermöglichen, ging Joanna entschlossen auf ihn zu und riss ihm mit einem einzigen schnellen Ruck das Klebeband vom Mund.

Der Mann heulte kurz auf, dann bewegte er ein paarmal seine Kiefermuskeln, bevor er über die spröden Lippen brachte: »Tack!«

Joanna und Finn wussten, dass es »Danke« bedeutete.

»Snälla, lite vatten!«

»Schneller?«, fragte Finn. »Wie? Schneller?«

Joanna schaute ihren Bruder genervt an. »Mensch, Finn, Snälla heißt ›bitte‹!«

»Ach so!«

Joanna schaute sich um, entdeckte auf dem Tisch eine Flasche Sprudelwasser, öffnete sie und führte sie dem Mann an den Mund. »Er hat sicher Durst!«

Gierig trank der Mann.

›Wieso haben die Gangster extra eingekauft, wenn sie dem Mann nicht mal etwas zu trinken geben?‹, fragte sich Finn, während Ronja sich die Fesseln des Mannes ansah. Die Hände waren mit Kabelbinder zusammengebunden, die Füße mit einem Seil.

Beides stellte für Ronjas Taschenmesser, das sie aus der Hose zog, kein Problem dar. Im Gegensatz zu dem Sicherheitsschloss, mit dem der Mann zusätzlich am Tisch angekettet war.

»Kriegst du das auf?«, fragte Joanna.

Finn vermutete, dass seine Schwester in diesem Moment an ihre gemeinsame Freundin dachte, die sie in Paris kennengelernt hatten. Lilou hatte sogar ein echtes, professionelles

Türöffner-Set besessen, mit dem die meisten Schlösser für sie kein Problem dargestellt hatten. Ronja hatte nur eine Haarnadel, die sie jetzt aus ihrer wilden Frisur zog. Finn war sich sicher, dass die Nadel für Ronjas Frisur keinerlei Bedeutung hatte, und so fragte er sich, ob Ronja sie nur für jene Zwecke mit sich führte, für die sie sie jetzt benutzte. Sie bohrte mit der Haarnadel in dem Schloss herum. Und nach gefühlt zwanzig Sekunden öffnete es sich mit einem leisen Klickgeräusch. Joanna und Finn lächelten sich kurz an: Ja, sie dachten definitiv beide in diesem Augenblick an Lilou in Paris.

Der Mann rieb sich die offenbar schmerzenden Hand- und Fußgelenke, dann bedankte er sich nochmals und schickte sofort die Frage hinterher, wer die Kinder denn wären, wo sie herkämen und wie sie hierhergekommen waren, um ihn zu befreien.

»Das erklären wir Ihnen später!«, antwortete Joanna. »Wir müssen erst mal von hier fort!«

Der Mann hob seine buschigen Augenbrauen. »Oh, tysk?«

»Hä?«, fragte Finn.

»Ja, wir sind Deutsche«, antwortete Joanna, was den Mann noch mehr zu verwundern schien, als dass sie Kinder waren.

»Danke ßsön!«, versuchte er es auf Deutsch.

Oscar erklärte ihm, dass er ruhig Schwedisch sprechen könne.

Doch der Mann blieb vorerst beim Deutschen, wobei er die s-Laute besonders scharf betonte, wie die meisten Skandinavier es machten, wenn sie deutsch sprachen: »Habt ihr ßzwei Männer geßsehe?«

»Ja!«, bestätigte Joanna. »Sie gehen spazieren und rauchen eine. Sie können jederzeit zurückkommen.«

»Zßurück?« Der Mann erschrak. »Wir müsse weg ßsein von dießse Ort.«

»Sag ich doch!«, wiederholte Joanna. »Also los!«

»Wohin?«, fragte Oscar.

Eine gute Frage.

»Zur Polizei?«, nahm Finn an.

Doch nicht nur Joanna sah ihn daraufhin komisch an, sondern auch der Mann reagierte seltsam: »Nej, nej. Ingen Polis. Ingen Polis!«

»Ingen?« Joannas fragender Blick ging zu Oscar.

»Keine!«, übersetzte der. »Keine Polizei!«, sagte er.

Joanna schaute nun verdutzt zu dem Mann. »Wieso nicht?«

›Mist!‹, fuhr es Finn durch den Kopf. ›Wen haben wir da befreit? Etwa auch einen Gangster? Nur den eines anderen Clans?‹ War das möglich? Sie befanden sich in Stockholm, nicht etwa bei der sizilianischen Mafia.

»Erst mal fort von hier!«, wiederholte Joanna.

Das Geheimnis des Obdachlosen

Ronja führte die kleine Gruppe wieder an. Sie schlich als Erste die Treppe hinauf, um auszuspähen, ob die Luft immer noch rein war oder ob die beiden Gangster vielleicht früher als erwartet zurückkehrten. Unten an der Treppe warteten Joanna, Finn und Oscar mit dem befreiten Obdachlosen.

»Wie heißen Sie eigentlich?«, fragte Joanna.

»Knud!«

»Hi Knud. Jag är Joanna«, stellte sie sich vor. Und zeigte dann auf die anderen, zuerst auf Finn: Detta är Finn, min bror!«

»Er versteht doch Deutsch!«, erinnerte Finn ihn.

Oscar stellte sich natürlich trotzdem auf Schwedisch vor und teilte Knud im selben Atemzug mit, dass das Mädchen oben an Deck Ronja hieß.

Die schaute nun – nach einer quälend langen Zeit, wie Finn fand – von oben die Treppe hinunter und gab ein Zeichen, dass sie hochkommen konnten.

›Endlich!‹, dachte Finn. Er wollte sich noch nicht einmal vorstellen, was die Gangster mit ihnen anstellen würden, wenn sie die Kinder jetzt mitten in der Befreiungsaktion erwischten! Die Befürchtung, dass sie Knud umgebracht hatten, hatte sich zum Glück nicht bewahrheitet. Aber das bedeutete ja noch lange nicht, dass sie dazu nicht fähig gewesen wären, oder es sogar noch tun würden, wenn ihnen die Kinder dazwischenfunkten – oder Knud für die Gangster nicht mehr von Wert war.

Das war immer noch eine der spannendsten Fragen, die Finn umtrieb. Weshalb nur hatten die Männer Knud überhaupt entführt und gefangen gehalten? Bei einem Obdachlosen gab es doch nichts zu holen. Dass sie von irgendjemandem ein Lösegeld erpressen wollten, konnte man wohl ausschließen. Aber weshalb sonst? Finn konnte sich beim besten Willen keinen Grund, kein Motiv vorstellen.

»Also los!« Joanna riss ihn aus seinen Gedanken. Sie stieg schnell, aber so leise wie möglich die schmale, kurze Treppe hinauf an Deck. Nacheinander folgten Finn, Knud und zuletzt Oscar.

Knud schaute sich erstaunt um. Offenbar hatte er gar nicht gewusst, wohin ihn seine Entführer verschleppt hatten. Also mussten ihm bis kurz vor seiner Befreiung die Augen verbunden gewesen sein.

»Wohin jetzt?«, fragte Joanna.

»Längs där!« Ronja zeigte zurück zur Altstadt, nach Gamla Stan.

»Warum?«, fragte Joanna nach.

Ronja zeigte in die entgegengesetzte Richtung, und Joanna wusste, weshalb: Die beiden Gangster kamen zurück.

»Verdammt!«, fluchte Joanna. »Weg hier! Los!«

Sie wollte gerade über die kleine Gangway ans Ufer springen, um dann so schnell wie möglich Richtung Gamla Stan zu rennen.

Doch Ronja hielt sie zurück.

»Was …?«, setzte Joanna an.

Oscar verstand, was Ronja ihnen sagen wollte. »Sie meint, es ist zu spät! Wenn wir jetzt ans Ufer springen, sehen sie uns!«

»Aber hier an Bord können wir auch nicht bleiben!«, stellte Joanna klar.

Ronja sagte etwas auf Schwedisch, was Oscar erst übersetzen musste, während Knud schon unbehaglich zum Heck des Hausboots schaute.

»Was ist?«, drängelte Joanna. »Was schlägt sie vor?«

Nun zeigte auch Oscar zum Heck des Schiffes.

»Hinten herum«, erklärte er. »Ronja meint, wir sollen hinten, von der dem Ufer abgewendeten Seite, von Boot zu Boot springen und dann erst später ans Ufer, nach dem zehnten Boot oder so.«

Joanna riss Augen und Mund auf und schaute dann über die nächsten zehn Schiffe hinweg, die in ihrer Richtung lagen.

Finn war da gedanklich schneller. »Wie stellt sie sich das vor? Das ist unmöglich!«

Die Hausboote lagen keineswegs alle gleichförmig am Kai. Einige waren mit der Bugseite am Poller festgemacht, andere mit der Heckseite, wieder andere lagen längs zur Kaimauer. Und so oder so, die Lücken zwischen den Schiffen waren auf jeden Fall zu groß. Unmöglich, von einem Boot aufs nächste zu springen!

Doch Ronja ließ sich nicht aus der Ruhe bringen.

»Wir haben keine andere Wahl, sagt sie«, übersetzte Oscar. »Entweder wir springen von Schiff zu Schiff oder wir laufen den Gangstern in die Arme.«

Finn reckte den Hals, ebenso wie die anderen. Es stimmte, die Gangster kamen immer näher. Anscheinend hatten sie die Kinder noch nicht gesehen, sonst hätten sie ihr Tempo bestimmt beschleunigt. Aber es konnte sich nur noch um wenige Sekunden handeln, bis sie entdeckt werden würden.

»Nach hinten!«, entschied Joanna. »Erst mal raus aus ihrem Blickfeld. Dann sehen wir weiter!«

Ronja nickte ihr zu. Sie schob Knud vor sich her. Die anderen schlichen, so schnell sie konnten, ebenfalls Richtung Heck. Von der Straße aus würden die Gangster sie jetzt nicht mehr sehen können. Aber vom Kapitänshäuschen aus, zum Beispiel aus dem hinteren Fenster, waren sie noch immer gut zu erkennen. Zwar würden die Gangster zunächst unter Deck gehen und …

»Ich hab eine Idee«, flüsterte Joanna, schränkte aber sogleich ein, indem sie Ronja fragte: »Kannst du eigentlich Schlösser ohne Schlüssel nicht nur öffnen, sondern auch wieder abschließen?«

Oscar übersetzte und gab dann dic Antwort: »Nur öffnen.«

»Schade«, kommentierte Joanna. Sie ging fest davon aus, dass die Gangster natürlich zuerst unter Deck gehen würden, um nach ihrem Gefangenen zu schauen. In der Zeit hätten sie oben die Tür abschließen und dann abhauen können.

»Schöne Idee!«, lobte Finn. »Wirklich schade, dass es nicht geht.«

»Ihr ßseid eingebrochen oben in die Tür?«, fragte Knud.

Joanna nickte ihm zu. »Ja, wieso?«

»Dann die Tür steht offen noch immer. Die Männer, ich denke, ßsie werde merken eßs.«

»Was?«, entfuhr es Joanna entsetzt. »Verdammt, er hat recht!«

Doch es war zu spät, irgendetwas zu unternehmen. Die Gangster hatten gerade die Gangway zum Schiff erreicht. Die vier Kinder und Knud duckten sich. Finn hielt sogar für einen Moment den Atem an.

Nachdem die beiden Männer schweigend das Schiff betreten hatten, entfachte sich zwischen ihnen plötzlich ein aufgeregtes Gespräch, von dem Finn natürlich kein Wort verstand. Trotzdem begriff er: Die Männer hatten entdeckt, dass die Tür offen stand.

Sie taten genau das, was Joanna vorhergesehen hatte: Sie rannten die kleine Treppe hinunter unter Deck, um nachzusehen, ob Knud noch da war. Wenn sie jetzt Joannas Plan hätten umsetzen kön…

Da schoss Finn eine Idee wie ein Blitz durch den Kopf.

»Kommt mit!«, rief er den anderen zu und rannte nach vorn zur offen stehenden Tür.

»Was hast du vor?«, rief Joanna ihm hinterher.

Oscar fragte nicht. Er lief Finn sofort nach. Offenbar fand Oscar alles besser, als sich hinten am Heck notdürftig zu verstecken. Denn allen war klar: Die beiden Männer würden jeden Moment wieder oben an Deck auftauchen, sobald sie gesehen hatten, dass Knud verschwunden war.

Finn zeigte auf eine Kiste, die an Deck stand. Er hatte keine Ahnung, was sich in ihr befand. Werkzeug, hoffte er, oder etwas anderes Schweres.

»Pack mit an!«, forderte er Oscar auf. Zu zweit wollten sie die Kiste anheben, doch sie war zu schwer.

»Das schaffen wir nicht«, stellte Oscar mutlos fest.

Finn hingegen war glücklich. Die Kiste war noch schwerer, als er gehofft hatte.

»Was willst du denn mit der Kiste?«, fragte Oscar.

»Wir müssen sie schieben!«, rief Finn ihm zu. Und zeigte auf die offene Tür, die er nun mit einem Fußtritt schloss. Mit einem lauten Rumms knallte die Tür zu. Das dürften die Männer unten nicht überhört haben.

»Schnell!«, rief Finn. Beide Jungs stemmten sich gegen die Kiste.

Mittlerweile waren auch Knud und die Mädchen zur Stelle. Alle verstanden sofort Finns Plan. Gemeinsam schoben sie die schwere Kiste vor die Tür.

So leicht würde man sie nun von innen nicht mehr öffnen können. Aber mehr als einen kleinen Zeitgewinn würde ihnen dieses Hindernis auch nicht verschaffen.

»Das reicht nicht«, rief Joanna. »Die Männer sind bestimmt stärker als wir.«

»Aber vielleicht wir ßsind schlauer«, entgegnete Knud. Er schnappte sich einen der beiden herumstehenden Klappstühle und stellte ihn so auf die Kiste, dass seine Rückenlehne die Türklinke blockierte.

»Super!«, freute sich Joanna. »Das dauert, ehe die wieder rauskommen!«

»Ja, spätestens, wenn der Volvo wieder vorfährt«, vermutete Finn. »Wahrscheinlich erst morgen früh!«

»Lasst uns abhauen!«, schlug Joanna vor. Und schaute Rat suchend zu Ronja. »Aber wohin?«

»Zu mir!«, schlug Knud vor, was die vier Kinder erstaunte.

»Zu Ihnen?«, fragte Oscar. »Ähm, was soll das heißen? Sie meinen …«

»Nein, nein!«, stellte Knud sofort klar, weil er ahnte, was die Kinder dachten. »Ich bin nicht wirklich obdachlos!«

»Das hab ich mir gleich gedacht«, sprudelte es aus Joanna heraus. »Aber …«

»Später«, unterbrach Knud sie. »Erst mal von hier fort.«

Keine zwanzig Minuten danach standen sie in der Fjällgatan vor einer kleinen Holztür mit der Nummer 36. Hinter der fensterlosen Holzwand, die sich rechts und links der Tür erstreckte, hätte man vielleicht eine Autowerkstatt oder Ähnliches vermutet, wenn dazu nicht das nötige Ausfahrtstor gefehlt hätte. Direkt gegenüber lag das beliebte Ausflugscafé »Kaffestuga«, um diese Zeit dunkel und geschlossen, aus dem heraus man tagsüber aber den herrlichen Blick auf die Altstadt genießen konnte.

Knud schloss die Holztür auf, die in einen Innenhof führte, der von schmalen, hübschen Holzhäuschen umstanden war. Bevor Knud den Hof betrat, schaute er sich allerdings noch mehrfach zu beiden Seiten der Straße um. Erst als wirklich niemand zu sehen war, huschte er in den Hof hinein und bat die Kinder, schnell, schnell nachzukommen. Danach schloss er die kleine Tür wieder sorgfältig von innen ab.

»Dort vorn!«, sagte er. »Im ersten Stock. Da wohne ich!«

»Sie *wohnen* hier?«, fragte Joanna, erinnerte sich aber gleich wieder daran, dass Knud ja mittlerweile selbst zugegeben hatte, kein wirklicher Obdachloser zu sein.

»Ja«, bestätigte Knud. »Aber wir können hier nicht ßso lange bleiben. Zsie ßsind mir auf die Ferßse. Deshalb hatte ich mich ja auch getarnt als eine Obdachloser. Aber ßsie haben das auch herausbekommen. Nun, ßso ich bin auf die Straße kaum ßsicherer als hier in meine Zuhaußse. Hätte ich mich nicht totgestellt, ßsie hätte mich ßson da erwischt. Aber etwas ßspäter ßsie haben bekommen mich auch ßso. Ich kann euch gar nicht ßsagen, wie dankbar ich euch bin.«

»Gerne, kein Problem«, stammelte Joanna ein wenig verwirrt. Was hatte Knud da gerade gesagt: *totgestellt*? Wie meinte er das?

»Ich habe Ihren Puls gefühlt. Da war keiner!«, berichtete sie.

Knud nickte.

Und Finn warf ein: »Hab ich doch gleich gesagt, du hast nicht richtig gefühlt. Er lebt. Das siehst du doch!«

»Natürlich habe ich das richtig gemacht«, beharrte Joanna ärgerlich.

Finn schüttelte den Kopf, zeigte auf Knud: »Wenn er tot wäre, würde er ja wohl nicht hier stehen, oder?«

»Ihr habt beide recht«, unterbrach Knud den Streit der Geschwister.

Joanna und Finn verstummten. Erstaunt blickten sie den Mann an, der nun seinen alten, dicken, stinkenden Mantel auszog und in eine Ecke warf.

»Du måste be om ursäkt.« Er bemerkte, dass er versehentlich wieder ins Schwedische verfallen war, und begann von Neuem: »Ihr müsst entschuldigen, aber den Mantel habe ich gefunden in einem – wie sagt man es? – Müllcontainer. Er riecht ein wenig … äh … streng.«

»Wie Surströmming!«, fiel Finn dazu ein.

Knud schmunzelte. »Ja. Möglich.«

»Also, wie jetzt: Beide haben recht?«, drängte Joanna, um wieder auf das eigentliche Thema zurückzukommen.

»Setzt euch doch, Kinder!«, bot Knud freundlich an.

In einer Ecke des Wohnzimmers stand ein kleiner Kaminofen, um ihn herum eine gemütlich anmutende Sitzecke mit einem kleinen Sofa, einem rustikalen niedrigen Holztisch und zwei Ledersesseln, die noch bequemer aussahen als das Sofa, wenn sie auch nicht richtig zu diesem passten.

Die gesamte Wand wurde von einem Bücherregal eingenommen, das so vollgestopft war, dass nicht mal mehr Finns dünnes Matheheft irgendwo hineingepasst hätte. Von der Decke hing ein kleiner Kronleuchter, in dem echte Kerzen steckten. Knud zündete nur zwei von ihnen an, und das auch erst, nachdem er die schweren schwarzen Vorhänge vor den kleinen Fenstern komplett zugezogen hatte.

Finn sah keinen Schreibtisch, keinen Computer, keinen Fernseher, weshalb ihm das ganze Wohnzimmer nicht sonderlich gefiel. Andererseits: Es hätte eine gute Kulisse für einen Sherlock-Holmes-Film abgegeben, fand er. Zur Einrichtung passte das schummrige Licht der beiden Kerzen, das – je nachdem, wo man gerade stand – lange tanzende Schatten an die Wände warf, die nicht von Regalen verdeckt waren. Finn mochte Kriminalstorys auch nur, wenn er selbst darin keine Rolle spielte. Das war hier definitiv anders: Jetzt hatten sie es sogar mit einem Mann zu tun, der gleichzeitig tot und lebendig sein konnte? Finn setzte sich neben seine Schwester aufs Sofa, Oscar und Ronja nahmen in den beiden Sesseln Platz. Knud blieb stehen und fragte: »Was möchtet ihr trinken?«

»Wasser!«, antwortete Joanna.

»Saft!«, sagte Oscar und Finn wollte die Gelegenheit nutzen: »Gibt's Cola?«

Joanna warf ihm einen vorwurfsvollen Blick zu. Ihr Bruder wusste genauso gut wie sie, dass sie zu Hause keine Cola zu trinken bekamen wegen des Koffeins. Finn grinste sie an. Darum hatte er ja gefragt.

Knud verneinte, also nahm Finn auch einen Apfelsaft, genau wie Oscar.

»Und du?«, fragte Knud Ronja. Die aber hatte die Frage gar nicht verstanden, weil Knud sie auf Deutsch gestellt hatte. Also wiederholte er sie lächelnd in ihrer gemeinsamen Muttersprache und Ronja bestellte sich allen Ernstes ein Bier. Vielleicht, weil es wegen des Alkohols mit das Teuerste war, was man sich wünschen konnte, vermutete Finn.

Knud nahm die Antwort als Scherz. Er lachte – und servierte Ronja ebenfalls einen Apfelsaft. Zudem brachte er sich aus der Küche einen Klappstuhl mit und setzte sich zu den Kindern.

Nachdem er mit jedem der Kinder einzeln angestoßen hatte, um sich so nochmals für seine Befreiung zu bedanken, begann er endlich zu erzählen: »Mein Name ist Knud Ingvarson.« Nach dieser knappen Vorstellung legte er eine kurze Kunstpause ein, als ob er prüfen wollte, ob die Kinder schon von ihm gehört hatten. Aber keines von ihnen kannte seinen Namen. Und so fuhr Knud fort: »Ich bin Wissenschaftler. Ein recht bekannter sogar. Genauer gesagt, bin ich ein anerkannter Professor der Molekularbiologie.«

Die Kinder schauten Knud ehrfürchtig an.

»Ein Professor!«, wiederholte Finn und musterte Knud eindringlich. Bisher hatte er für ihn ausgesehen wie ein

Obdachloser. Aber sein Äußeres passte nun auch irgendwie zu einem Professor, fand er. Zumindest sah er so aus, wie Professoren in Comics oft dargestellt wurden.

»Vor einigen Monaten habe ich einen Durchbruch in meiner Forschung erzielt«, erzählte der Professor weiter. »Sie ist noch nicht hundertprozentig bewiesen und noch nicht reif für eine Veröffentlichung, aber das ist nur eine Frage der Zeit.«

»Sie haben etwas erfunden?«, fragte Finn.

Der Professor nickte ihm zu. »So kann man es sagen. Ja!«

Finn und Oscar wurden hellhörig. Eine Erfindung klang aufregend.

»Eine Zeitmaschine?«, fragte Oscar geradeheraus.

Joanna verzog das Gesicht, tippte sich an die Stirn und sagte: »Eine Zeitmaschine. Na klar. Mensch, Oscar. Zeitmaschinen gibt es nicht.«

»Nein, noch nicht.« Oscar ließ sich nicht von seiner Wunschvorstellung abbringen. »Aber Knud, Verzeihung, der Professor hat ja jetzt vielleicht …«

»Mensch, Oscar«, fuhr Joanna dazwischen. »Zeitmaschinen sind totaler Quatsch!«

»Na ja«, widersprach der Professor mit einem kleinen Lächeln. »So ganz abwegig ist es nicht. Wenn man so will, habe ich eine Zeitmaschine erfunden.«

»Siehst du!«, triumphierte Oscar.

»Was, echt?«, hakte Finn aufgeregt nach.

Joanna verzog kritisch die Stirn in Falten. Was erzählte Knud denn da?

»Aber nicht so, wie ihr es euch vorstellt«, schränkte Knud gleich wieder ein.

»Ooch«, Oscar sank in sich zusammen. Auch Finn war ziemlich enttäuscht. Nur Joanna lehnte sich halbwegs beruhigt zurück.

»Ich habe eine Formel gefunden, mit deren Hilfe man den Alterungsprozess aufhalten kann«, berichtete Knud.

Oscar und Finn schauten sich mit noch größerer Enttäuschung an.

»Hä?«, fragte Oscar.

Nun wurde Joanna allerdings aufgeregt.

»Sie meinen: eine Formel für die ewige Jugend?«

Der Professor nickte. Finn und Oscar zogen die Mundwinkel hinunter.

Und Ronja verlangte, dass man ihr das Ganze endlich mal übersetzte. Doch Oscar bat sie, noch ein wenig zu warten.

»Also«, präzisierte der Professor nun: »Ich habe eine Formel entdeckt, mit der man den Alterungsprozess von menschlichen Zellen manipulieren kann.«

»Pffft!«, machte Finn und lehnte sich zurück. Für seinen Geschmack wurde es immer langweiliger.

»Das könnte sehr hilfreich sein, um beispielsweise mutierte Zellen bei einer schweren Erkrankung wie Krebs schneller absterben zu lassen«, erläuterte der Professor. »Oder umgekehrt: Abwehrzellen gegen bestimmte Krankheiten könnte man verjüngen und damit stärken oder schneller wachsen lassen.«

»Moment mal!«, unterbrach Joanna. »Wollen Sie damit sagen, Sie haben ein Mittel gegen Krebs gefunden?«

Knud winkte ab. »Es ist alles noch Grundlagenforschung. Na gut, schon etwas mehr. Der Weg scheint jedenfalls der richtige zu sein. Meine bisherigen Experimente hatten durchschlagenden Erfolg. Die kranken Zellen sterben ab; neue, frische gesunde Zellen wachsen schneller nach.«

»Wow!«, kommentierte Joanna anerkennend. »Das ist doch eine Sensation. Wenn das klappt, sind Sie …«

»Multimillionär«, fiel Finn ein.

Joanna warf ihm wieder einen strafenden Blick zu. »Als ob es darauf ankäme! Aber er wäre ein richtiger Heilsbringer. Stell dir doch mal vor: Zig Millionen todkranke Menschen könnten geheilt werden!«

»Wirklich?«, fragte Finn. »Aber wieso werden Sie dann von Gangstern verfolgt?«

Das wiederum war eine gute Frage, fand Joanna. Für sie gab es nur eine Erklärung: »Die wollen Ihre Formel stehlen, um selbst reich und berühmt zu werden, stimmt's?«

»Fast«, gab der Professor zu. »Reich wollen sie schon werden, aber nicht unbedingt berühmt. Wie mit vielen Erfindungen und Entdeckungen kann man damit Gutes tun oder Schreckliches anrichten.«

Das verstand Joanna wieder nicht so richtig. Was sollte daran schrecklich sein, wenn man Menschen heilen konnte?

»Das Problem ist: Meine Methode ist sehr einfach und damit sehr preiswert anzuwenden«, erläuterte der Professor. »Es gibt aber Unternehmen, die teure Medikamente herstellen. Sehr teure. Medikamente gegen Krebs kosten manchmal ein paar Tausend Dollar pro Packung.«

»Ein paar Tausend?«, fuhr Oscar hoch.

Der Professor nickte. »Ja, deshalb haben die Unternehmen wenig Interesse daran, dass etwas Wirkungsvolleres auf den Markt kommt, das dann auch noch viel billiger ist. Sie wollen lieber weiter ihre teuren Medikamente verkaufen.«

»Pech gehabt«, fand Joanna.

»Ja«, bestätigte der Professor. »Oder man hilft dem Glück ein wenig nach, indem …«

»… man die neue Konkurrenz verschwinden lässt.« Joanna verstand. »Deshalb sind die Leute hinter ihnen her. Sie wollen die Formel und Sie vernichten. Deshalb ist Ihr Leben bedroht!«

»So sieht's aus«, bestätigte der Professor. »Aber das ist noch nicht alles.«

»Noch nicht alles?« Finn sprang vom Sofa hoch. »Was kann denn noch schlimmer sein, als dass die Gangster einen umbringen wollen?«

»Dass die Formel in die falschen Hände gerät«, erläuterte der Professor weiter. »Ich habe ja gesagt: Grundlagenforschung. Aus der Formel ließen sich viele Anwendungen ableiten. Zum Beispiel fürs Militär. Man könnte seine Gegner unnatürlich schnell altern lassen. Also, ich meine nicht die gegnerischen Soldaten, sondern das ganze Volk des verfeindeten Landes. Ohne dass die es zunächst merken. Wenn sie es merken, ist es zu spät. Das ganze Volk altert blitzartig und stirbt weg.«

»Das würde funktionieren?«, fragte Joanna entsetzt.

»Noch nicht«, gab der Professor zu. »Aber diese Formel könnte der Beginn davon sein. Sie darf jedenfalls nicht in die falschen Hände geraten. Natürlich würde sie auch in der Schönheitschirurgie funktionieren: dann wirklich als ewige Jugend. Versteht ihr, man könnte eine Menge Geld damit machen. Aber überall, wo sich sehr viel Geld verdienen lässt, ist die Kriminalität nicht weit.«

Der Professor legte eine kurze Pause ein und zeigte auf ein

kleines Porträt, das neben einigen anderen Bildern an der Wand hing. »Wisst ihr, wer das ist?«

»Albert Einstein!«, antwortete Finn sofort.

Der Professor nickte. »Ja, stimmt. Aber ich meinte das Porträt links daneben.«

Diesen Mann kannte Finn nicht, und auch Oscar, Joanna und Ronja wussten nicht, wer er war.

»Otto Hahn!«, löste der Professor das Rätsel auf. »Ein deutscher Chemiker und einer der bedeutendsten Wissenschaftler des 20. Jahrhunderts. 1938 entdeckte er zum Beispiel den radiochemischen Nachweis der Kernspaltung des Urans. Unter anderem bekam er dafür 1945 den Nobelpreis für Chemie. Im selben Jahr aber musste er miterleben, dass er mit seiner Entdeckung die wissenschaftliche Grundlage für die Atombombe geschaffen hatte. Die USA warfen sie in dem Jahr auf die japanischen Städte Hiroshima und Nagasaki.«

»Das hab ich schon mal gehört«, sagte Joanna. »Furchtbar!«

»Allerdings«, bestätigte der Professor. »Der Fluch der Wissenschaft. Otto Hahn wurde zu einem der erbittertsten Gegner von atomaren Waffen, musste aber immer mit der furchtbaren Last leben, dass er sie quasi miterfunden hatte. Deswegen ist es umso wichtiger, dass man mit seinen wissenschaftlichen Entdeckungen immer sehr verantwortungsvoll umgeht.«

Joanna verstand: »Und die Gangster, die Sie verfolgen, haben von Ihrer Formel erfahren und wollen böse Sachen damit anstellen.«

»Ja«, bestätigte der Professor mit trauriger Stimme. »Ich habe nicht die geringste Ahnung, auf welchem Weg sie davon gehört haben. Aber eines ist sicher: Sie wissen eben nur, DASS es die Formel gibt, aber nicht, wie sie lautet und wo ich sie versteckt habe.«

»Wo haben Sie sie denn versteckt?«, wollte Joanna wissen.

Der Professor winkte ab. Offenbar wollte er es auch den Kindern nicht verraten.

Doch Finn zog die Streichholzschachtel aus der Hosentasche hervor und hielt sie dem Professor entgegen.

Der Professor wurde kreidebleich. »Ihr habt sie gefunden?«

»DAS ist die Formel?« Joanna konnte es kaum glauben.

Der Professor nickte: »Na ja, sagen wir der Code, um an die Formel heranzukommen. Über den Strichcode und den Code gelangt man an die Formel, die auf einer virtuellen Festplatte gespeichert ist.«

»Den Strichcode?«, fragte Finn. »Der zeigt doch nur ein Foto!«

Der Professor schmunzelte. »Das Foto der Akademie ist eine Tarnung. Betrachtet man das Foto genauer und isoliert das Wasserzeichen aus ihm heraus, erscheint ein Eingabeformular, in das man den Code eingeben muss. Und dann bist du bei der Formel.«

Es war also, wie Joanna es schon vermutet hatte. Knud Ingvarson war vor den Gangstern auf der Flucht, die an seine sensationelle Formel heranwollten, welche in einer alten Streichholzschachtel verborgen lag. Als die Gangster ihn das erste Mal fast geschnappt hätten, hatte der Professor sich als Obdachloser getarnt. Aber auch da waren die Gangster ihm schnell auf die Schliche gekommen und hätten ihn sich um ein Haar geholt. Aber da hatte der Professor sich seine eigene Formel zunutze gemacht. Er konnte mithilfe eines selbst erstellten Medikaments seinen Puls für einige Minuten »abstellen«. So erklärte der Professor den Kindern die in Wahrheit höchst komplizierte Wirkung seines Medikaments möglichst einfach. Jedenfalls hatte man vier Minuten lang den Puls des Professors nicht mehr fühlen können. Seine Verfolger hatten ihn für tot gehalten und waren abgezogen, um ihren Auftraggebern zu berichten. Genau in diesen vier Minuten hatte auch Joanna Knuds Puls gefühlt und ihn ebenfalls für tot gehalten.

Kurz bevor die Kinder mit dem Polizisten von der nahe gelegenen Wache zurückgekehrt waren, hatte sich Knuds Puls wieder gemeldet. Der Professor war in der Lage gewesen, aufzustehen und davonzulaufen. Insofern, erklärte der Professor abschließend, hatten die Geschwister beide recht: Joanna, weil sie keinen Puls gefühlt und ihn für tot erklärt hatte, aber auch Finn, der darauf beharrt hatte, dass der »Tote« weggelaufen war und deshalb nicht tot sein konnte.

»Irre!«, kommentierte Joanna. »Ich wette, so etwas hat die Polizei hier auch noch nie erlebt.«

»Nein, sicher nicht«, lächelte der Professor.

So weit also hatte die Geschichte sich nun aufgeklärt. Und was danach geschehen war, wussten sie auch: Die Gangster hatten den Professor wieder aufgespürt, ihn entführt und gefangen gehalten, bis die Kinder gekommen waren, um ihn zu befreien.

Nur war damit das Problem nicht gelöst.

Die Gangster, die sie auf dem Boot eingesperrt hatten, würden bald wieder frei sein und ihre Verfolgung fortsetzen. Der Professor hatte mittlerweile keine Idee mehr, wo und wie er sich noch verstecken sollte. Und selbst wenn er eine gehabt hätte: Er konnte sich doch nicht für den Rest seines Lebens in den dunkelsten Ecken von Stockholm verkriechen und ewig im Verborgenen leben. Um der Verfolgung ein Ende zu setzen, war es also wichtig, herauszufinden, in wessen Auftrag die Gangster eigentlich handelten.

Und dann gab es noch ein zweites Problem, was es zu lösen galt: Wo sollten sie die Formel sicher verstecken?

Erst jetzt wurde Finn bewusst, wie gefährlich es war, die Streichholzschachtel mit dem Strichcode einfach in der Hosentasche bei sich zu tragen.

»Bisher war es vermutlich der sicherste Ort«, vermutete Joanna. »Solange die Gangster nicht einmal ahnten, dass Finn die Formel hatte.«

»Ich wusste es ja nicht einmal selbst!«, stellte Finn klar.

»Aber seit heute Abend dürfte sich das Blatt gewendet haben«, befürchtete Joanna. »Die beiden Gangster haben uns bestimmt gesehen und können sich jetzt zusammenreimen, dass wir etwas mit der Befreiung des Professors zu tun haben. Wir müssen die Streichholzschachtel so schnell wie möglich loswerden!«

»Aber wie?«, fragte Oscar.

Niemand hatte eine Idee.

In die Stille hinein meldete sich wieder Ronja zu Wort, mit der Bitte, ihr nun doch endlich alles zu übersetzen, was die anderen besprochen hatten.

Der Professor nahm sich ihrer an und erklärte die Zusammenhänge und den aktuellen Stand nochmals ausführlich auf Schwedisch.

Ronja hörte aufmerksam zu.

Als der Professor nach einiger Zeit seine Ausführungen

beendet hatte, saß Ronja noch einen Augenblick schweigend da. Finn dachte zunächst, auch sie müsste sich alles noch einmal langsam durch den Kopf gehen lassen, um es richtig zu verstehen. Doch weit gefehlt. Ronja war sofort im Bilde. Noch während der Professor berichtet hatte, hatte Ronja schon über eine Lösung nachgegrübelt und verkündete jetzt: »Ich habe eine Idee.«

Wohin mit der Formel?

In dieser Nacht unternahmen die vier Kinder jedoch nichts mehr. Joanna und Finn gingen mit Oscar nach Hause. Ronja wollte zum Hauptbahnhof ziehen, um sich dort in der Nähe nach einer Bleibe für die Nacht umzusehen. Doch der Professor winkte ab und bot an, ihr für die nächsten drei Tage ein Hotelzimmer zu spendieren. Er selbst traute sich nicht, in seiner Wohnung zu bleiben, und hatte ohnehin vorgehabt, für einige Zeit in ein Hotel zu ziehen. Dort fühlte er sich am sichersten, denn die Portiers achteten darauf, wer in der Nacht das Hotel betrat. Außerdem müssten die Gangster nicht nur herausbekommen, dass der Professor nun in ein Hotel geflüchtet war, sondern auch, in welches und welches Zimmer er dort belegte. Das hielt der Professor in der Kürze der Zeit für eher unwahrscheinlich.

»Ich nehme ein großes Doppelzimmer mit zwei Einzelbetten«, verkündete er. »Dann gehen wir gut als Vater und Tochter durch.«

Er suchte sich frische Wäsche aus den Schränken, stutzte dann aber, als er Ronja betrachtete. So wie Ronja sah einfach kein Mädchen aus, das mit seinem Vater in ein Vier- oder Fünf-Sterne-Hotel zog. Nachdenklich kratzte er sich am Kinn.

Doch Joanna zog kurz entschlossen ihre Kleidung aus und schlug Ronja vor: »Wir tauschen. Wie ich bei meinem Onkel auftauche, ist egal, und du hast damit vernünftige Klamotten zum Einchecken. Und morgen früh bringe ich dir frische Wäsche von mir für die nächsten Tage.«

Finn zog eine Augenbraue hoch. »So viele Klamotten hast du doch auch nicht mit.«

»Ich hab genug!«, widersprach Joanna.

Ronja stimmte freudig zu.

»Nach drei Tagen bekommst du sie zurück«, übersetzte Oscar für sie.

Doch Joanna lehnte ab. »Du kannst natürlich alles behalten!«

Erneut verzog Finn sein Gesicht zu einer kritischen Miene. »Was werden Mama und Papa dazu sagen?«

Der Wollpullover zum Beispiel, den Joanna gerade Ronja hinüberreichte, war nagelneu. Ihre Mutter hatte ihn kurz vor der Reise extra noch gekauft, nachdem sie die Wettervorhersage für Stockholm im Internet nachgeschaut hatte.

»Papa hält das bestimmt für richtig«, war Joanna sich sicher.

»Und Mama?«, warf Finn ein.

»Wäre damit überstimmt!« Für Joanna eine klare Angelegenheit.

Ronja fragte nach, was Finn und Joanna diskutierten.

»Sag ihr, alles bestens«, bat Joanna Oscar.

Und so machten sie es dann. Ronja und der Professor zogen ins beste Hotel am Platze, in dem unter anderem auch immer die Nobelpreisträger untergebracht wurden. Offenbar war sich Knud Ingvarson sicher, eines Tages für seine Erfindung des neuen Medikaments den Nobelpreis für Medizin oder Biologie oder Chemie zu erhalten. Und so testete er schon mal die Zimmer.

»Zumal ich ja in Stockholm wohne und dann gar kein Zimmer bekommen würde«, witzelte er zum Abschied.

Am nächsten Morgen trafen sie sich alle in der Nähe des Hotels wieder, und zwar am kleinen Hafen, an dem die Ausflugsschiffe anlegten. Von dort aus nahmen sie die Fähre. Ronja schwieg sich noch immer über ihren Plan aus. Und Finn genoss die kurze Überfahrt mit dem Schiff. In den meisten Städten, die er gemeinsam mit seiner Schwester besucht hatte, hatte er eine Schiffsfahrt unternehmen wollen. Immer aber war etwas dazwischengekommen, weil sie in einen Kriminalfall verwickelt waren. So wollte er sich wenigstens jetzt die kurze Überfahrt von Gamla Stan zum gegenüberliegenden Ufer nicht vermiesen lassen.

Am Allmänna Gränd stiegen sie aus, gingen die Straße weiter hoch, bogen links ab und kamen am »Abba-Museum« vorbei.

»Hat uns Onkel Thomas nicht von denen erzählt?«, fragte Finn.

»Ja«, bestätigte Joanna. »Diese uralte Popgruppe, die kein Mensch kennt.«

Kurz darauf kamen sie am Stockholmer Aquarium vorbei, das hier Aquaria Vattenmuseum hieß und zugleich ein

Museum für Naturkunde war. Finn mochte Aquarien und war auch schon in einigen gewesen. Gern hätte er einmal das größte Aquarium Europas besucht, das in Valencia stand. Aber dazu war es bisher leider nicht gekommen. So hätte ihn auch das Aquarium hier in Stockholm durchaus interessiert, wenngleich es wohl vergleichsweise klein war. Aber Ronjas Plan ließ das sowieso nicht zu und so zogen sie weiter. Sie kamen noch an weiteren Museen vorbei, bei einem davon zeigte Finn mit dem Finger auf das Schild und rief: »Was ist das denn?«

»Spritmuseum«, las Joanna und lachte.

»Ein Museum über Benzin und Treibstoffe?«, fragte Finn.

Joanna lachte noch mehr. »Nein, über Alkohol!«

»Was?« Finn konnte es nicht glauben. »Eine Ausstellung über Alkohol? Nennt man so etwas nicht einfach eine *Bar*?«

Wieder lachte Joanna lauthals los, musste aber auf Finns Nachfragen hin zugeben, dass auch sie keine Ahnung hatte, was man in einem Spritmuseum, abgesehen von irgendwelchen alkoholischen Getränken, ausstellen sollte. Nicht mal der Professor wusste das, denn er bekannte, dass er noch nie hineingegangen war.

»Vielleicht«, scherzte er, »ist in Schweden der Alkohol so teuer, dass die Leute sich die Weinflaschen nur im Museum anschauen können.«

Sie ließen das seltsame Museum rechter Hand liegen und gingen weiter. Als sie sich dem nächsten Gebäude näherten, begannen Finns Augen zu leuchten: Das Vasa-Museum! Es stand auf seiner Besichtigungsliste an allererster Stelle. Man konnte dort unter anderem das fast vollständig erhaltene und wieder hergerichtete Kriegsschiff »Vasa« besichtigen, das im Jahre 1628 nur wenige Hundert Meter nach seinem Stapellauf gesunken war. Das gewaltige Schiff, das zu seiner Zeit zu den größten und am stärksten bewaffneten Kriegsschiffen gehörte, fuhr insgesamt nur 1,3 Kilometer weit. Dann sank es wegen erheblicher Konstruktionsfehler.

»Da ist es!«, rief Finn begeistert. »Wollen wir dort rein?«

Vielleicht hatte er Glück und Ronjas Plan führte sie genau zu diesem Schiff?

Doch Ronja schüttelte nur den Kopf.

»Später!«, versprach Joanna. »Ich will mir das Schiff auch anschauen.«

Finn verzog dennoch das Gesicht und fragte: »Och Mensch, wo wollen wir denn hin?«

»Junibacken!«, antwortete Ronja, nachdem Oscar die Frage übersetzt hatte.

»Wohin? Davon habe ich ja noch nie gehört«, behauptete Finn.

»Doch, hast du«, widersprach Joanna. »Kurz nach unserer Ankunft hier in Stockholm hab ich erzählt, dass ich dort hinwill. Es ist eine Ausstellung zu den Figuren von Astrid Lindgren.«

»Ach so.« Jetzt erinnerte Finn sich. Gut, auch er mochte die Bücher dieser weltberühmten Kinderbuchautorin. Aber eine Ausstellung mit ihren Buchhelden stellte er sich trotzdem nicht gerade spannend vor. Und vor allem: Wie sollte ihnen diese Ausstellung in ihrem Kriminalfall helfen? Wollten sie nicht an die Hintermänner der Entführer herankommen?

In diesem Punkt musste Joanna ihrem Bruder zustimmen. Auch sie sah keinen Zusammenhang zwischen ihrem Fall und dem Astrid-Lindgren-Kinderparadies.

»Abwarten«, antwortete Ronja.

Und da standen sie schon vor dem Gebäude von Junibacken, das Finn sich erheblich eindrucksvoller vorgestellt hatte. Zwar stand knapp fünfzig Meter vor dem Museum, auf einem eigens dafür gepflasterten kleinen Platz, eine Statue von Astrid Lindgren, aber das war's auch schon. Das Gebäude wirkte eher wie eine Kindertagesstätte in einem x-beliebigen Stadtteil. Ein schmales Vordach, unter dem eine ganze Batterie von Kinderwagen und Buggies geparkt war. Daneben ein schlichter Schriftzug, Junibacken, an der Hauswand und eine kleine Figur, die einen Regenschirm hielt. Der richtige Eingang befand sich erst um die Ecke.

Ein Eingang wie in jedem Museum. Mit einer Kasse, einer Einlasskontrolle und einer großen Garderobe, wo man seine Winterjacke hinhängen konnte. Die Wände waren mit einigen gezeichneten Figuren in Lebensgröße verziert.

Finn fragte nochmals: »Was wollen wir denn hier?«

»Wir machen eine Rundfahrt!«, ließ Ronja die anderen über Oscar wissen.

Finn und Joanna schauten sich ratlos an. Joanna zog nur die Schultern hoch. Sie hoffte ebenso wie Finn, dass Ronja schon wissen würde, was sie tat. Hoffentlich.

Sie betraten die Ausstellung, schlenderten durch eine schon abenteuerlich anmutende kleine Stadt, in der gut Pippi Langstrumpf hätte leben können. Es gab einen Kiosk, ein Café, den Nachbau einer Straße, natürlich alles nur als Puppenstadt, aber in lebensechter Größe. Durch diese Puppenstadt hindurch gelangten sie gleich zu dem Startpunkt, den Ronja meinte. Wie in der Geisterbahn einer Kirmes tauchten aus dem Bauch eines Hauses einzelne querfahrende Gondeln auf, in denen jeweils zwei, höchstens drei Personen nebeneinander auf einer Bank Platz fanden. Ronja und der Professor bestiegen eine Gondel. Oscar, Joanna und Finn kletterten in die nachfolgende. Das ergab Sinn, weil man sich die Sprache aussuchen konnte, in der die Erläuterungen der Rundfahrt über Lautsprecher vorgelesen wurden. Ronja und der Professor wählten Schwedisch, die drei Kinder Deutsch.

Dann ging's schon los. Die Gondeln setzten sich langsam seitlich in Bewegung, schwebten ins dunkle Innere des Hauses. Für einen kurzen Moment wurde Finn wirklich ein bisschen mulmig, weil er unwillkürlich eine eher gruselige Geisterbahnfahrt erwartete. Die aber kam nicht. Stattdessen schwebten sie in der Gondel wie mit einem Heißluftballon über das Dorf, in dem Michel aus Lönneberga seine Streiche gespielt hatte. Von dort ging es weiter und weiter durch viele Geschichten, die Astrid Lindgren geschrieben hatte.

»Wow!«, rief Joanna begeistert. »So toll habe ich es mir nicht vorgestellt!«

Das war auch Finns Meinung. Er hatte sich ja von vornherein gar nichts von dieser Ausstellung versprochen. Entsprechend überwältigt war er nun davon, durch die Märchen- und Abenteuerwelten zu schweben. Wie Karlsson vom Dach flogen sie über spannend anmutende, schneebedeckte Straßen, vorbei an gemütlich wirkenden Werkstätten und Wohnzimmern mit prasselnden Kaminfeuern, über Dorffeste und Kinderspielplätze hinweg, bis … ja, bis Joanna rief: »Das ist doch die Schuhmacher-Werkstatt von Anders Bengtssons Vater!«

Finn wusste, von wem Joanna sprach: Anders war der beste Freund von Kalle Blomquist, dem berühmten Kinder-Detektiv. Der allerdings die meisten seiner Fälle nur in seiner Fantasie löste, die er sich unter einem Baum liegend erträumte und …

»Da! Da ist Kalle Blomquists Baum!«

»Und das ist Ronja, die darauf zuläuft!«, rief Finn.

Joanna stockte der Atem. Tatsächlich! Ihr Bruder hatte recht.

»Was macht die da?«, rief Joanna entsetzt.

Natürlich war es streng verboten, aus der Gondel auszusteigen. Erstens, weil es zu gefährlich war. Schließlich konnte man irgendwo im Halbdunkel der Ausstellung stolpern, stürzen und sich schlimm verletzen. Vor allem aber konnte man leicht irgendetwas an dieser äußerst liebevoll erstellten Fantasie-Welt kaputt machen.

»Ronja!«, rief Joanna. »Was …?«

Dann sah sie es. Oder glaubte zumindest, zu erkennen, was Ronja dort trieb: Ronja rannte zum Baum, fasste einmal kurz in seine Krone und lief wieder zurück. Finn hatte das Gleiche beobachtet wie Joanna. Und auch Oscar war sich ganz sicher: »Sie hat Finns Streichholzschachtel dort versteckt.«

»Die Schachtel mit der Formel des Professors!«, ergänzte Finn.

»Ein geniales Versteck!«, musste Joanna zugeben. »Die geheime Formel in die Obhut von Astrid Lindgrens berühmtestem Detektiv zu geben!«

Denn schließlich lag Kalle Blomquist höchstpersönlich unter dem Baum und sah verträumt hinauf in die Baumkrone, nun direkt auf die Formel des Professors. »Auf die Idee, dort zu suchen, kommt doch nie jemand!«

»Kommt man denn je wieder an sie heran?«, fragte Finn.

»Wenn man will, bestimmt«, glaubte Joanna. »Aber der

Professor hat die Formel sicher auch im Kopf. Und sonst muss ja keiner die Formel finden. Oder?«

Joanna beugte sich nach vorn, weit aus der Gondel heraus. Was natürlich auch verboten war, aber nur so hatte sie die Möglichkeit, nach vorn zur Gondel zu schauen, in der Ronja mit dem Professor gesessen hatte.

»Sie hat es geschafft!«, verkündete Joanna.

Im letzten Moment, bevor die Gondel zum nächsten Schauplatz um die Ecke gebogen war, war Ronja noch aufgesprungen und saß nun wieder brav neben dem Professor, so als wäre nie etwas geschehen.

Kurz darauf war die Fahrt auch schon zu Ende. Die Kinder landeten wieder am Ausgangspunkt, stiegen aus den Gondeln aus und gingen Richtung Ausgang.

»Ein sehr gutes Versteck«, lobte Joanna noch mal.

Ronja lächelte verlegen, nachdem Oscar es ihr übersetzt hatte.

»Nur …«, schränkte Joanna gleich wieder ein. »Unser Hauptproblem ist noch nicht gelöst. Der Professor wird weiterhin verfolgt werden. Und wir wissen nichts über mögliche Hintermänner der Entführer.«

Das stimmte. Und dazu hatte auch Ronja leider keine Idee.

Nur Finn schwirrte da etwas durch den Kopf.

»Weißt du noch: Prag?«, fragte er seine Schwester.

Die konnte sich noch sehr gut erinnern, in welch gefährliche Situation sie in Prag geraten waren, weil Finn eine Marionette …

Joanna schnippte mit den Fingern. »Stopp! Du meinst …?«

»Ganz genau«, bestätigte Finn. Er wusste, Joanna hatte ihn verstanden.

»Was?«, fragte Oscar. Und auch der Professor und Ronja spitzten aufmerksam die Ohren. Eine neue Idee?

»Eine Übergabe!«, sagte Joanna bloß.

Doch weder Oscar noch der Professor konnten damit etwas anfangen. Schließlich waren sie in Prag nicht mit dabei gewesen.

»Wir bieten den Gangstern die Formel zum Verkauf an. Für einen hohen Preis, weil es ja realistisch sein muss. Aber nicht zu hoch, damit die Gangster darauf eingehen!«, erklärte Joanna.

»Zum Verkauf?« Das fand Oscar gar nicht gut. »Aber wozu haben wir die Formel denn gerade versteckt?«

Joanna und Finn rollten mit den Augen. Dieses Mal in seltener Eintracht.

»Natürlich nur zum Schein!«, erläuterte Joanna. »Wir stellen den Gangstern eine Falle!«

»Aha?« Oscar hatte noch immer nicht so recht verstanden.

Der Professor verstand schon eher, was die beiden Geschwister vorhatten. Allerdings fragte auch er sich, ob und wie das funktionieren sollte. Und er war sich ziemlich sicher, dass die Polizei da nicht mitspielen würde. Eine Handvoll Kinder spielten Köder für Schwerkriminelle, von denen die Polizei noch nicht einmal etwas wusste? So etwas funktionierte niemals.

Oscar übersetzte den aktuellen Stand der Diskussion, damit Ronja mitreden konnte.

Und das tat sie auch. Sogleich, nachdem sie alles verstanden hatte:

»Wir machen eine Schnitzeljagd!«, übersetzte Oscar ihre Antwort.

Bevor Joanna oder Finn nachfragen konnte, erläuterte Oscar Ronjas Idee weiter: »Wenn die Polizei nicht zu uns kommt, müssen wir die Gangster eben zur Polizei führen!« Das war Ronjas Vorschlag.

Wie das funktionieren sollte, konnten sich auch Joanna und Finn nicht so recht vorstellen.

Doch Ronja war sich sicher, dass ihre Idee umsetzbar war.

»Na, denn«, kommentierte Joanna. »Schmieden wir einen Plan!«

Der Plan

Die Cafés an der Uferpromenade hatten alle noch geschlossen. Sonst hätte der Professor den Kindern ein Eis oder eine Limo oder sogar beides ausgegeben. So blieb den Kindern nur, sich einfach auf die Steinfliesen am Ufer zu setzen. Es war ein herrlich sonniger Tag bei leuchtend blauem Himmel. Die Sonnenstrahlen schafften es sogar, die Kälte für eine gewisse Zeit lang zu vertreiben und einen ersten Ausblick auf den Frühling zu geben, der weiter südlich, in Deutschland, längst in vollem Gange war.

Joanna fragte sich, ob es richtig war, dass der Professor sich jetzt so deutlich in der Öffentlichkeit zeigte, wenn er doch vorher so viel Wert darauf gelegt hatte, unerkannt und unentdeckt zu bleiben.

Doch Ronja versicherte, dass dies zu ihrem Plan gehörte. Und auch, dass der Professor gemeinsam mit den Kindern gesehen wurde.

»Die Gangster werden annehmen, der Professor umgibt sich

nur mit uns Kindern, damit sie ihn nicht erneut auf offener Straße entführen können. Niemand traut sich, am helllichten Tag einen Erwachsenen aus einer Kindergruppe heraus zu entführen.« So übersetzte Oscar Ronjas Strategie. »Insofern: Sollen sie uns ruhig zusammen sehen. Das ist sogar ganz gut.«

Der Professor trug einen grauen Anzug, in dem er sich am wohlsten fühlte. Darüber hatte er einen offenen, schwarzen halblangen Wollmantel gezogen und sich einen schicken dunkelblauen Hut aufgesetzt. Als Joanna und Finn den Professor und Ronja am Morgen vom Hotel abgeholt hatten, hatte Finn ihn auf den ersten Blick gar nicht erkannt. Insofern war seine Tarnung als Obdachloser gar nicht so schlecht gewesen. Man hatte wirklich genau hinschauen müssen, um den Professor zu erkennen.

»Also, wir werden den Gangstern ein Angebot machen. Das heißt, der Professor wird ihnen ein Angebot machen. Sagen wir: eine Million Schwedische Kronen.«

»Eine Million?« Finn griff sich aufgeregt in die Haare. Aber vielleicht … Klang das nur so viel? »Äh, wie viel sind das noch mal in Euro?«

»Etwas mehr als hunderttausend Euro«, erklärte Oscar. »Knapp hundertfünftausend, um genau zu sein.«

Gut, das war schon nicht mehr so unvorstellbar viel wie eine Million, aber immer noch eine hübsche Stange Geld, fand Finn.

Der Professor überlegte kurz, dann wandte er ein: »Das Angebot nehmen die uns nicht ab. Da wittern sie sofort eine Falle.«

Klar! Der Meinung war auch Finn. Zu viel durften sie nicht verlangen. Das hatte der Professor ja selbst gesagt.

»Wir sollten mindestens zehn Millionen Schwedische Kronen fordern«, riet der Prof nun.

Finn musste schlucken. WAAAS?? ZEHN MILLIONEN KRONEN? Das waren ja … das waren … das … Finn war viel zu aufgeregt, um es schnell ausrechnen zu können.

»Ist doch einfach. Das wären gut eine Million Euro«, sagte Joanna. Aber auch sie empfand das als eine astronomisch hohe Summe.

»Mit einem neuen, wirksamen Krebsmedikament kann ein großes Pharma-Unternehmen ohne Weiteres eine Milliarde Umsatz machen«, erläuterte der Professor. »Wohlgemerkt: pro Jahr!«

Finn fiel die Kinnlade herunter. Solche Geldsummen hatte er sich noch nie vorgestellt.

»Also meine neue Erfindung für eine Million Euro zu kaufen, das wäre das Schnäppchen des Jahrhunderts«, führte der Professor weiter aus. »Allerdings bekommen sie von mir ja kein Medikament, sondern nur eine Formel aus der Grundlagenforschung. Da sind eine Million Euro zwar immer noch nicht viel, aber es ist auch keine unrealistische Summe. Und ich könnte ja eine Beteiligung fordern, wenn das Medikament auf den Markt kommt. Darauf werden sie sicher eingehen, denn sie wollen meine Formel ja gar nicht weiterentwickeln, sondern vermutlich unter Verschluss halten. Oder für andere Zwecke missbrauchen. Ich kann mir also vorstellen, dass meine Entführer auf den Deal eingehen.«

»Ja, kann sein«, sagte Joanna. »Aber damit haben wir ja noch immer nicht die Hintermänner.«

»Doch!«, widersprach der Professor. »Die Käufer müssen

ja sichergehen, dass ich nicht einfach mit der Formel weiterarbeite, auch wenn ich sie ihnen verkauft habe. Wir müssen also einen Vertrag machen. Und den werden nur die Bosse unterzeichnen, denn sie wollen ja nicht, dass das Patent für meine Formel plötzlich nur ihren Helfern gehört und nicht ihnen selbst.«

Ronja nickte eifrig, nachdem der Professor alles noch einmal auf Schwedisch erläutert hatte.

»Sie müssen uns also mit ihren Bossen zusammenbringen«, bestätigte Ronja ihren Plan. »Und genau dann werden wir zuschlagen. Mit der Polizei.«

»Mit der Polizei?«, fragte Oscar verwundert nach. »Ich denke, die werden uns nicht glauben.«

»Wenn wir ihnen die Gangster frei Haus liefern, mit ihren Geldkoffern mit zehn Millionen Schwedischer Kronen in der Hand, sieht es bestimmt anders aus«, versicherte Ronja.

Gerade setzte Finn zum Widerspruch an, doch Ronja ahnte schon, was er vorbringen wollte.

»Keine Angst«, ergänzte sie. »Wir müssen nicht die Polizei rufen. Ich hatte doch schon gesagt, wir locken die Gangster zur Polizei!«

Ronja hielt dem Professor einen Zettel hin.

Der Professor nahm ihn, las, was darauf stand, und fragte: »Was soll das?«

Auf dem Zettel stand ein Tag: übermorgen, eine Uhrzeit: 15 Uhr, und ein Ort: Kungsholmstorg 16.

»Kungsholmstorg 16?«, fragte der Professor nach und schmunzelte. »Wirklich?«

Ronja bestätigte es ihm, ebenfalls mit einem Lächeln auf den Lippen.

»Das ist der erste Übergabeort«, erläuterte Ronja. Sie hatte den Zettel im Hotel vorbereitet.

»Der erste?«, wunderte sich Joanna. »Gibt es denn noch weitere Übergabeorte?«

Ronja nickte. Genau das war der Kern ihres Plans. Am ersten Übergabeort, der auf dem Zettel stand, würden die Gangster nicht etwa die Formel vorfinden, sondern einen Zettel mit dem nächsten Ort.

»Eine Schnitzeljagd!«, rief Finn begeistert.

»Genau!«, bestätigte Ronja.

»Aber was ist denn nun so Besonderes an dem ersten Übergabeort?«, wollte Oscar wissen. »Weshalb habt ihr so gegrinst?«

»Kennst du den Ort nicht?«, fragte der Professor.

Im Gegensatz zu Oscar schien Ronja die Geschichte dahinter zu kennen.

»Das Spukhaus!«, erklärte der Professor. »So wird es jedenfalls genannt. In dem Haus wohnten bis 1910 der Graf und die Gräfin Lewenhaupt. Man sagt, dass der Graf wohl eine Geliebte hatte, die genau im Haus gegenüber gewohnt haben soll. Laut Legende erscheint noch heute der Geist der Gräfin, die darauf wartet, dass ihr Mann aus dem Haus gegenüber nach Hause kommt, hin und wieder am Eckfenster, Das Fenster mit dem kleinen Balkon ist sogar durch eine Flagge markiert. Die Verlängerung der Straße heißt Scheelegatan. Hier soll die Romanfigur Monica Figuerola aus der Millennium-Trilogie von Stieg Larsson gewohnt haben.

»Kenne ich nicht«, sagte Joanna.

»Das glaube ich«, antwortete der Professor. »Das ist auch ein ziemlich brutaler Erwachsenen-Thriller. Aber es gibt viele erwachsene Fans, die die Orte aus den Romanen abwandern. Darunter auch die kleine Straße. Also das Spukhaus als den ersten Übergabeort zu wählen passt zumindest.«

Ronja hatte bereits mit ein paar Obdachlosen gesprochen, die sie für zuverlässig hielt und die bereit waren, bei dieser besonderen Schnitzeljagd als eine Art Streckenposten mitzumachen. Auf diese Weise würden sie die Gangster durch Stockholm treiben, bis sie – ohne es zu merken – plötzlich vor dem Polizeipräsidium stehen würden. Und dann würde es für sie zu spät sein.

Joanna kaute nachdenklich auf ihrer Unterlippe. Sie schien sich zu fragen, ob das wirklich ein guter Plan war.

Und kam schließlich zu einem Ergebnis: »Ja, ein guter Plan. So machen wir es.«

Aber zuerst, und das sah Ronja als den schwierigsten Teil an, musste der Professor den Gangstern sein »Verkaufsangebot« unterbreiten. Und zwar so, dass es glaubwürdig klang. Allerdings durfte er nicht in ihre Nähe kommen, damit sie ihn nicht erneut schnappen und entführen konnten. Die Gangster wollten aber die Formel, also würden sie sich auf jede Bedingung einlassen, die man ihnen stellte. Der Trumpf der Kinder und des Professors war, dass die andere Seite keine Geisel mehr hatte. Auf keinen Fall durften sie diesen Trumpf aus der Hand geben. Was mit anderen Worten hieß: Auf keinen Fall durfte der Professor sich noch einmal erwischen lassen.

Für den Moment war er einigermaßen sicher: im Kreise der Kinder mitten in der Öffentlichkeit. Aber dieser Schutz würde vermutlich nicht lange halten. Auch war das Hotel zunächst eine gute Wahl. Doch würden die Gangster wahrscheinlich bald einen Dreh heraushaben, wie sie unbemerkt ins Zimmer des Professors eindringen konnten, um ihn wieder zu entführen. Nach Hause konnte der Professor auf keinen Fall mehr gehen. Das war zu gefährlich.

»Und zu uns?«, fragte Finn.

Oscar winkte sofort entsetzt ab.

Joanna gab ihm recht: »Dann erfährt Onkel Thomas davon und damit unsere Eltern. Und dann ist es aus mit unserem Plan.«

»Wohin aber dann?«, wollte Oscar wissen. »Wie schützen wir den Professor?«

»Heute Nacht werde ich das Hotel wechseln«, schlug der Professor vor.

»Und morgen werde ich ein Versteck auf der Straße finden. Wir Obdachlose kennen viele unbekannte Ecken in dieser Stadt!«, versicherte Ronja.

»Und wie überbringe ich den Gangstern mein Angebot?«

Ronja lächelte ihn an: »Über den Volvo der Gangster!«

»Du weißt, wo sich der Volvo befindet?«, staunte Joanna.

»Ich nicht«, gab Ronja zu. »Aber die beiden!«

Erst jetzt bemerkte Joanna, dass die Schatten zweier Männer auf sie fielen. Zwei große Gestalten standen mit einem Mal neben ihnen, genau in der Sonne. Joanna legte sich als Sonnenschutz die flache Hand vor die Stirn und erkannte die beiden: »Ceija und Nedjo!«

»Genau!« Ronja freute sich, dass Joanna sich noch an die Namen erinnern konnte. Am Vorabend war Ronja noch einmal allein aus dem Hotel gegangen, hatte die beiden Freunde am Hauptbahnhof aufgesucht und mit ihnen gemeinsam den ganzen Plan, den sie eben vorgestellt hatte, entwickelt. »Der Volvo taucht regelmäßig am Hauptbahnhof auf, weil die nach dem Professor suchen. Ceija und Nedjo werden den Gangstern im Volvo unseren Zettel mit Anweisungen überreichen. Für die Gangster sind Ceija und Nedjo ja bloß zwei Penner, die für ein paar Kronen einen Kurierdienst übernommen haben. Wir sind also bestens vorbereitet!«

»Ronja!«, rief Joanna begeistert. »Du bist genial und machst deiner Namensgeberin Ronja Räubertochter alle Ehre!«

Das Letzte hatte Ronja nicht mehr so recht verstanden, wohl auch, weil es Oscar schwergefallen war, es richtig zu übersetzen. Aber Ronja freute sich trotzdem.

Sie nahm den Zettel, auf dem der Übergabeort stand, und bat den Professor, auf die Rückseite sein »Verkaufsangebot« zu schreiben.

»Ceija und Nedjo werden den Zettel abliefern. Und dann müssen wir nur noch schauen, ob sie auf unser Angebot eingehen und in unsere Falle tappen!«, erklärte Ronja.

Die Falle

Der Plan klang einfach. Ihn in der Praxis auszuführen war schon schwieriger. Viel schwieriger jedenfalls, als Finn es sich vorgestellt hatte.

Kurz vor dem angegebenen Zeitpunkt waren alle in der Nähe des »Spukhauses« auf ihre zuvor besprochenen Positionen gegangen. Ronja hatte sich einfach als Bettlerin vor den Eingang des Hauses gesetzt, in dem einst angeblich die Geliebte des Grafen gewohnt hatte. Nedjo saß vor dem Eingang des Spukhauses. Er hatte die Aufgabe, den Gaunern den nächsten Zettel zu überreichen. Joanna, Finn und Oscar drückten sich an einer nahe gelegenen Busstation herum, ließen das Spukhaus aber ebenfalls nicht aus den Augen. Der Professor wartete bereits an der letzten Station der Schnitzeljagd. Er durfte den Gangstern auf keinen Fall vorher ins Blickfeld geraten.

»Seht ihr schon den Volvo?«, fragte Joanna.

Finn und Oscar verneinten.

»Woher willst du denn wissen, ob die im Volvo kommen?«, fragte Oscar.

Für Joanna war die Antwort klar: »Bisher sind sie immer in dem Volvo aufgetaucht. Die haben wahrscheinlich nur den einen.«

»Aber Ronja und der Professor haben doch gesagt, die Hintermänner werden kommen, weil sie ihren Handlangern nicht so viel Geld in die Hand drücken.«

»Stimmt!«, pflichtete Joanna ihm bei. »Du meinst, die Hintermänner haben ein anderes Auto? Ja, vermutlich!«

»Es könnte also jedes Auto sein!«, stöhnte Oscar.

»Haltet eure Kameras bereit!«, mahnte Joanna. »Nedjo wird ja auf den Wagen zugehen oder die Gangster werden aussteigen und nach dem Professor suchen. Dann müssen wir den Wagen fotografieren. Vor allem das Nummernschild!«

»Da hält ein Wagen!«, rief Oscar aufgeregt.

Doch Joanna verzog nur das Gesicht. »Das ist ein Lieferwagen. Die Hintermänner werden kaum Handwerker sein, Oscar!«

»Man weiß nie!«, widersprach Oscar. »Der Professor als Obdachloser, warum sollten sich die Obergangster nicht als Handwerker getarnt haben?«

Tatsächlich stiegen Fahrer und Beifahrer aus dem Lieferwagen aus. Der Fahrer hielt ein kleines Stück Papier in der Hand.

»Der Zettel!« Jetzt war auch Joanna sicher, es mit den Hintermännern der Entführer zu tun zu haben. »Los! Fotografieren!«

Finn, Oscar und auch Joanna zogen ihre Smartphones hervor, zoomten den Lieferwagen so nah heran, wie ihr Gerät es zuließ. Anschließend schossen sie Fotos von den beiden

Männern, die für Finn irgendwie gar nicht wie Gangsterbosse aussahen. Der eine, klein und dick, mit lichtem Haar, trug einen schmutzigen Klempner-Blaumann. In seiner rechten Tasche beulte sein Smartphone deutlich die Hosentasche aus, in der linken eine Geldbörse oder Ähnliches. Während sein Komplize immer wieder angestrengt auf den Zettel schaute und sich dann nach allen Seiten hin umsah, biss der Dicke genüsslich von einem Wurstbrot ab. Der Mann mit dem Zettel war erheblich größer, schlanker und vor allem jünger als der andere. Die beiden standen hinter der Heckklappe ihres Fahrzeugs und debattierten, wobei sie immer wieder in verschiedene Richtungen zeigten.

»Wieso tut Nedjo nichts?«, wunderte sich Joanna.

Nedjo saß völlig unbeteiligt auf seinem Platz im Hauseingang und schaute auf die Straßenkreuzung. Die beiden Handwerker schienen ihn überhaupt nicht zu interessieren.

»Der muss ihnen doch den Zettel geben, den mit der zweiten Station!« Joanna versuchte, Nedjo per Handzeichen auf die beiden Männer aufmerksam zu machen. Vergeblich.

»Sie steigen wieder ein!«, rief Finn.

Joannas Blick flog zurück zum Lieferwagen. Den Beifahrer konnte sie nicht mehr sehen, weil er wohl gerade auf der anderen Seite in das Fahrzeug stieg. Und der Fahrer schloss gerade seine Tür und startete dann den Wagen.

»Verdammt!«, fluchte Joanna. »Sie fahren weg und unser Plan geht in die Hose!«

Der Lieferwagen fuhr davon.

Joanna sah ihm einen Augenblick entsetzt hinterher, dann sah sie sich suchend nach Nedjo um. »Mensch, warum hat Nedjo denn nichts gemacht?«

Nach einer kurzen Pause fragte sie erneut: »Nedjo?« Joanna blickte sich in alle Richtungen um. »Wo ist er hin?«

»Weiß ich auch nicht«, bekannte Finn. »Ich hab zum Lieferwagen gesehen.«

»Ich auch«, gab Oscar zu.

Es konnte eigentlich nicht sein und doch war es so: Nedjo war verschwunden!

»Wie?«, stotterte Joanna. »Wo? Das gibt's doch nicht!«

Dann erst wandte sie ihren Blick in die Richtung, in der Ronja nur fünfzig Meter weiter vor dem Hauseingang saß. Aber auch sie war nicht mehr da.

»Ronja!«, Joanna schrie den Namen fast. »Was ist denn hier los? Wo …?«

»Kommt mit!«, sagte Oscar und rannte los bis zur nächsten Hausecke, schaute um sie herum und – entdeckte Ronja, gut dreihundert Meter weiter weg auf der anderen Straßenseite, kurz vor der Kunstgalerie. »Da! Dort ist sie!«

»Und nicht nur sie!«, erkannte Finn jetzt. »Da … da liegt Nedjo. Auf dem Fußweg!«

Ronja beugte sich gerade über ihn, um nach ihm zu sehen.

»Wie kommt er dorthin?«, wunderte sich Joanna. »Das hätten wir doch sehen müssen, wenn er quer über die Kreuzung gerannt wäre!«

Als sie ankamen, erzählte Ronja, was passiert war. Während Joanna, Finn und Oscar gebannt auf den Lieferwagen geschaut hatten, war mit einem Mal ein Mann neben Nedjo aufgetaucht.

»Zu Fuß?«, fragte Joanna.

»Ja!«, antwortete Ronja. Er sprach Nedjo an. Nedjo gab ihm den Zettel. Der Mann warf einen Blick darauf, schnippte mit den Fingern, woraufhin ein kleiner Lieferwagen mit offener Seitentür vorgefahren kam. Der Mann packte Nedjo und stieß ihn in den Wagen. Nach zweihundert Metern warfen sie Nedjo raus auf die Straße.

»Ist er verletzt?«, fragte Joanna besorgt.

Nedjo rappelte sich gerade wieder auf. Er wirkte benommen, aber außer ein paar Schürfwunden war ihm wohl nichts passiert.

»Also doch der weiße Lieferwagen!«, stellte Joanna fest.

»Nein!«, widersprach Ronja. »Dieser war blau. Ihr hattet den falschen im Blick!«

»Aber wieso hast du nichts gesagt?«, fragte Joanna.

»Es ging alles so schnell. Als ich es gemerkt hatte, war es schon zu spät. Sie hatten Nedjo! Den wollte ich nicht aus den Augen verlieren.«

»Mist!«, ärgerte sich Joanna.

»Aber sie haben doch den Zettel«, wandte Oscar ein. »Wie geplant.«

Joanna sah ihn erschrocken an. »Ja! Verflucht! Du hast recht. Sie haben den Zettel mit dem nächsten Ort. Aber anders als geplant. Sie sollten verwirrt sein, während wir ihren Wagen fotografieren. Und dann, wenn sie den zweiten Ort aufsuchen, wollten wir schon rüberlaufen zum Polizeipräsidium.«

Der nächste Ort lag nur gut hundert Meter weiter, am Ende der Straße Scheelegatan, kurz vor der Brücke, an der die Straße in den Barnhusbron überging. Auf der rechten Seite führte eine Treppe hinab zu einem Fußweg direkt am Wasser. Dort wartete Ceija, um den zweiten Zettel zu übergeben.

Finn und Oscar nickten ihr zu. Sie kannten ihren Plan. »Ja, und?«

»Erstens haben wir den falschen Wagen fotografiert«, erklärte Joanna. »Und zweitens haben die Gangster nun einen Vorsprung. Sie fahren jetzt zum zweiten Ort, holen sich den Zettel von Ceija und werden wahrscheinlich schon am dritten Ort, vor dem Polizeipräsidium, sein, bevor wir da sind! Wir haben zu viel Zeit verloren!«

Joanna reckte den Hals und stellte sich auf die Zehenspitzen. Eigentlich hätte man von hier aus den blauen Lieferwagen sehen müssen, vorausgesetzt, dass er an der richtigen Stelle hielt, während einer der Männer hinunter zu Ceija ging. Doch Joanna konnte den Lieferwagen nirgends entdecken. Und das, obwohl sie freie Sicht bis zu der Stelle oberhalb der Treppe hatte – also waren die Gangster wohl schon wieder weg. Viel schneller, als Joanna und ihre Freunde es vorausberechnet hatten.

»Sie haben einen Vorsprung. Und vor dem Präsidium sitzt der Professor und wartet auf uns. Jetzt werden die Gangster vor uns bei ihm sein!« Finn hatte nun auch begriffen, wie dramatisch die Situation war.

»Los, ruf Ceija an. Wir müssen ihn warnen. Vielleicht sind die Gangster noch unter der Brücke bei ihm. Er muss die Zettelübergabe verzögern oder die Gangster sonst irgendwie einen Moment aufhalten!«, schlug Joanna vor.

Oscar übersetzte es. Und Ronja schüttelte den Kopf.

»Was ist?«, wollte Joanna wissen.

»Ceija hat kein Handy«, übersetzte Oscar.

»Was? Wieso das denn nicht?« Finn fasste sich an den Kopf. Wie konnte jemand kein Handy haben?

»Weil Ceija kein verkleideter Obdachloser ist, sondern ein echter«, erläuterte Ronja. »Erstens kann er sich kein Handy leisten. Zweitens braucht er keines. Mit wem sollte er telefonieren? Ich habe auch kein Handy!«

Joanna nagte an ihrer Unterlippe. Das hatten sie in ihrem Plan nicht bedacht. Schnell wurde ihr klar: »Okay! Dann müssen wir den Professor direkt anrufen.«

Sie zog ihr Smartphone hervor, wollte die Nummer aus den Kontakten heraussuchen und stellte fest, dass sie ihr fehlte. Sie fragte Oscar und Finn. Aber auch die beiden hatten die Mobilnummer des Professors nicht.

Joanna schlug sich mit der Hand vor die Stirn. »Oh Mann, sind wir blöd! Jetzt steht der Professor da, wartet auf uns und stattdessen kommen als Erstes die Gangster. Unser Professor sitzt dort wie auf einem Präsentierteller und wir können ihn nicht mal warnen.«

»Dann müssen wir eben so schnell wie möglich zu ihm«, schlug Finn vor. »Vielleicht schaffen wir es ja doch noch?«

Joanna hielt das zwar für unmöglich, aber sie hatte auch keinen anderen Vorschlag.

Noch einmal richtete sie ihren Blick auf Nedjo. »Ist mit ihm alles in Ordnung?«

Oscar übersetzte, Ronja nickte: »Ich denke ja. Wir können los.«

Noch hatten sie vielleicht eine Chance. Von der Kunstgalerie, vor der sie standen, bis zur Polizeibehörde waren es nur fünf Minuten zu Fuß. Wenn man schnell lief, konnte man es auch in drei Minuten schaffen. Einfach ein paar Meter wieder zurückgehen, dann rechts in die Kungsholmsgatan, wieder links durch den Polizeihauspark, und schon war man da. Allerdings hatten die Gangster es lediglich hundert Meter weiter. Doch zum vereinbarten Übergabeort, der auf dem

Zettel stand, konnte man nicht direkt mit dem Auto fahren. Die Gangster mussten ihren Wagen an der Hauptstraße parken und die restliche Strecke zu Fuß gehen.

Tatsächlich fanden die Kinder den blauen Lieferwagen dort vor. Er stand an der Hauptstraße zwischen zwei Zebrastreifen. Niemand saß darin. Das hieß, die Gangster waren vermutlich schon beim Professor.

Aber noch ein weiterer Wagen stand dort. Genau genommen parkten dort eine ganze Menge Autos. Es war ja eine Hauptstraße, mit Parkmöglichkeiten zu beiden Seiten. Und doch fiel Joanna nur ein einziges Auto auf. Zuerst nur aus den Augenwinkeln. Vielleicht, weil er so ungewöhnlich war. Kein durchschnittlicher Kleinwagen, wie ihn die meisten Leute hier in der Stadt fuhren, sondern eine auffällige, schneeweiße, strahlend saubere Limousine. Joanna interessierte sich nicht sonderlich für Autos. Sie fand, dass die fast alle gleich aussahen. Ihr Bruder, der eigentlich ein Autofan war, hatte ihr irgendwann sogar zugestimmt und hatte aus dem gleichen Grund sein Interesse mehr auf Oldtimer verlagert. Alle neueren Autos zeichneten sich durch eine langweilige Gleichförmigkeit aus. Wohl deshalb rannte auch Finn achtlos an dem Wagen vorbei, der Joanna irgendwie aufgefallen war.

Sie blieb stehen. »Wartet mal!«

Finn drehte sich zu ihr um. »Was? Spinnst du? Wir müssen uns beeilen! Der Professor!«

Joanna ging nicht auf Finns berechtigten Einwand ein, sondern winkte ihn nur zu sich. Finn ging zu Joanna zurück, die ein paar Meter hinter ihm gelaufen war. Als er sie erreichte, zog Joanna ihren Bruder am Arm mit sich.

»Nicht umdrehen!«, flüsterte sie ihm zu. »Schau nur mal unauffällig rechts schräg hinter uns. Da steht eine weiße Limousine. Ich glaube, ein Audi!«

Joanna sah selbst aus den Augenwinkeln nochmals hin. Jetzt, beim zweiten Mal hinschauen, wurde ihr auch klar, weshalb ihr der Wagen unterbewusst aufgefallen war. Nicht, weil es sich um einen Audi handelte, sondern die Tatsache, dass der Wagen dort nicht parkte, sondern lediglich hielt, hatte ihre Aufmerksamkeit erregt: Es saßen Leute in dem Audi! Wie viele, konnte Joanna nicht genau erkennen, weil der Wagen schwarz getönte Heckscheiben hatte. Aber hinter dem Steuer saß jemand. Und auf dem Beifahrersitz auch. Es waren zwei Männer und sie trugen dunkle Anzüge.

»Du meinst, das sind …?«, fragte Finn.

»… die Männer mit dem Geld, ja!«, war Joanna sich sicher. »Los, geh weiter, damit wir nicht auffallen, aber wir müssen den Wagen gleich fotografieren!«

»Und wenn du dich wieder irrst?«, fragte Finn.

»Dann haben wir eben Pech gehabt«, raunte Joanna ihrem Bruder zu. »Los, mach schon.«

Sie standen vor der Einfahrt zu einer Tiefgarage. Rechts davon führte ein Fußweg über eine Wiese mit vielen Bäumen bis zur Polizeibehörde. Leider waren die Bäume und Büsche um diese Jahreszeit noch nicht genügend belaubt, so dass man sich nicht hinter ihnen verstecken konnte. Trotzdem mussten sie irgendwie wieder unbemerkt zurück, um das Auto fotografieren zu können. Gleichzeitig aber mussten sie so schnell wie möglich weiter, um den Professor entweder zu warnen oder vielleicht sogar, um ihn ein zweites Mal aus den Händen der Entführer zu befreien.

»Oscar und Ronja laufen weiter zum Professor. Wir beide fotografieren die Limousine und die Leute darin, okay?«, schlug Joanna ihrem Bruder vor.

Die anderen waren einverstanden.

Ronja und Oscar rannten los, durch den kleinen Park Richtung Polizeibehörde. Joanna und Finn kehrten um.

»Und wenn die uns entdecken?«, fragte Finn nervös. »Wir können uns hier nirgendwo verstecken.«

»Ich glaube nicht, dass die uns kennen«, entgegnete Joanna. »Nur die beiden Entführer haben uns vielleicht gesehen, als wir auf dem Boot standen. Aber selbst wenn, es war ja schließlich so dunkel, dass sie uns kaum wiedererkennen dürften. Und die Hintermänner in dem Auto haben uns ganz sicher noch nie gesehen.«

»Und wenn doch?«, hakte Finn nach. Ihm war überhaupt nicht wohl bei der Sache.

»Angriff ist die beste Verteidigung«, begründete Joanna. »Ist doch beim Fußball auch so, oder? Solange deine Mannschaft den Ball hat, kann die andere kein Tor schießen.«

»Aha«, bemerkte Finn. »Und? Haben wir denn den Ball?«

»Klar!« Joanna versuchte sich an einem kurzen, aufmunternden Lächeln.

Doch Finn erkannte, wie es seiner Schwester wirklich zumute war. Auch sie war aufgeregt und hatte Angst. Allerdings schien sie auch schon wieder einen Plan zu haben. Das war das Bemerkenswerteste an ihr, fand Finn. Egal, wie bedrohlich, aussichtslos oder gefährlich eine Situation zu sein schien, Joanna fiel immer etwas ein, um sie dennoch irgendwie zu bewältigen.

So auch dieses Mal.

»Hör zu, du bleibst hier stehen und hältst deine Smartphone-Kamera bereit, okay?«, wies sie ihren Bruder an.

»Und du?«, fragte er.

»Ich sorge dafür, dass du die Männer vor die Linse bekommst!«

»Was willst du tun?« Finn war ernsthaft besorgt. Denn das gehörte untrennbar zu Joannas bemerkenswerter Eigenschaft dazu: Oft überschätzte sie sich maßlos, während sie gleichzeitig die Gefahren herunterspielte.

Doch Finn erhielt keine Antwort mehr auf seine Frage. Joanna atmete einmal tief durch und marschierte los, direkt auf die Limousine zu, ging um sie herum und klopfte gegen die Scheibe der Fahrertür.

›Ist sie jetzt völlig verrückt geworden?‹, dachte Finn. Was war denn nur in sie gefahren?

Der Mann am Lenkrad schien erst nicht zu reagieren. Denn Joanna klopfte mehrmals an die Scheibe.

›Die Kamera bereithalten‹, schoss es Finn durch den Kopf. Dazu hatte Joanna ihn aufgefordert. Nicht ohne Grund. So beharrlich und selbstbewusst, wie Joanna da an die Fensterscheibe klopfte, waren mit Sicherheit gerade sämtliche Augen der Insassen auf sie gerichtet. Mit anderen Worten: Niemand würde darauf achten, wenn er nun das Auto fotografierte. Vielleicht war das schon Joannas ganzer Plan? Möglich wär's.

Finn wollte keine Zeit mehr verlieren. Er konnte gut darauf verzichten, von seiner Schwester später dafür angeschnauzt zu werden, dass er nicht mitgedacht hätte. Also riss er das Smartphone hoch, hielt die Kamera in Position und betätigte den Auslöser der bereits geöffneten Foto-App.

Aber von seinem Standpunkt aus war das Nummernschild

nicht zu erkennen. Finn lief ein paar Schritte weiter, um sich besser zu postieren. Als er das Nummernschild auf dem Display hatte, sah er über das Smartphone hinweg, wie der Fahrer nun endlich sein Fenster wenigstens so weit herunterfuhr, dass Joanna mit ihm reden konnte. Joanna redete auf den Mann ein, gestikulierte wild und zeigte ständig in eine Richtung hinter ihr.

›Was erzählt sie dem?‹, fragte Finn sich, ließ sich davon aber nicht ablenken, seine Fotos zu schießen. Er drückte auf den Auslöser und prüfte gleich, ob das Nummernschild auf dem Foto lesbar war. In dem Moment öffnete sich die Beifahrertür und einer der Männer stieg aus.

›Ach du Scheiße‹, dachte Finn. Blitzartig wechselte er auf seiner App von »Ansehen« auf »Fotografieren«. Zumindest wollte er es. Aber vor Aufregung hatte er trotz der frostigen Frühjahrstemperaturen schweißfeuchte Hände. Zu feucht, als dass sein Touchscreen die Wischbewegungen registriert hätte. Die App blieb auf »Fotos ansehen« hängen.

»Verdammt!«, fluchte Finn. Hastig wischte er seine rechte Hand an der Hose ab und versuchte es erneut auf dem Touchscreen. Seine Berührung zeigte keine Wirkung.

Finn wischte gleich noch mal mit dem Finger übers Display. Und noch mal. Und noch mal. Dann endlich befand er sich wieder im Aufnahmemodus!

›Mann! Wurde aber auch Zeit!‹, schimpfte Finn innerlich.

Joanna war um das Auto herumgegangen und stand jetzt zusammen mit dem Mann neben dem hinteren linken Reifen, an dem sie ihm irgendetwas zeigte.

Finn wäre nun so weit gewesen, Fotos von dem Mann zu schießen, doch der drehte ihm den Rücken zu. Den Moment, als er aus dem Wagen ausgestiegen war und sein Gesicht nach vorn, zur Kamera, gezeigt hatte, hatte Finn verpasst.

›Los!‹, dachte Finn. ›Dreh dich um! Dreh dich um!‹

Das Gespräch zwischen dem Mann und Joanna schien seinem Ende entgegenzugehen. Joanna zog gerade entschuldigend die Schultern hoch und verabschiedete sich mit einer Geste. Der Mann beantwortete die Geste nicht. Es sah auch nicht so aus, als würde er die Entschuldigung annehmen oder etwas Freundliches sagen. Ganz im Gegenteil. Joanna ging und der Mann sah ihr mürrisch hinterher.

Das war der Moment!

Auf seinem Display konnte Finn das Gesicht des Mannes jetzt im Profil sehen. Zum Glück hatte Finn seine Foto-App vorsorglich auf »Serienaufnahme« eingestellt. Er drückte den Auslöser, das Handy ratterte los und schoss gleich zehn Bilder hintereinander. Eine Funktion, die eigentlich für Vogel- oder Sportaufnahmen gedacht war.

Der Mann drehte sich um und ging mit raschen Schritten zurück zur Beifahrertür. Nun hatte Finn sein Profil von der anderen Seite im Blick. *Ratatatata* – weitere zehn Bilder.

Routinemäßig schaute der Mann sich zu allen Seiten um, bevor er in den Wagen einstieg. Grandios! *Ratatatata* – zehn Bilder seines Gesichts von vorn!

Blitzartig ließ Finn nun sein Smartphone in die Hosentasche gleiten, um gar nicht erst die Aufmerksamkeit des Mannes zu erregen. Gleichzeitig senkte er den Kopf und schaute scheinbar interessiert auf seine Schuhspitzen. Wie immer bei gefährlichen Gegnern dachte Finn: ›Dem Angreifer bloß nicht direkt in die Augen schauen!‹

Der Mann war eingestiegen und schloss die Tür. Nun

stand die Limousine wieder da. Still. Wartend. Wie eine Raubkatze, die ihre Beute nicht für eine Sekunde aus den Augen lässt.

Genau deshalb marschierte Joanna stramm an ihrem Bruder vorbei, als hätten die beiden sich noch nie im Leben gesehen. Finn begriff sofort und spielte das Spiel mit. Ohne seine Schwester eines Blickes zu würdigen, ging er in die entgegengesetzte Richtung weiter. Er kam sich in diesem Augenblick vor wie ein echter Geheimagent. Fehlte nur noch der Knopf im Ohr für ein Sprechfunkgerät, über das er mit Joanna verbunden wäre.

Halt! Stopp!

Knopf im Ohr? Sprechfunk!

Wozu lebten sie im Zeitalter der Smartphones? Niemand würde es auffällig finden, wenn ein Zwölfjähriger mit einem Smartphone in der Hand durch die Stadt lief. Im Gegenteil: Mittlerweile wäre es viel auffälliger, wenn er *kein* Smartphone bei sich trüge. Und auf Joanna mit ihren dreizehn Jahren traf das erst recht zu. Also schrieb er seiner Schwester schnell eine Nachricht, dass er in seiner Richtung weiterlaufen und gleich von der anderen Seite her die Polizeibehörde erreichen würde.

»Okay!«, kam es prompt zurück.

Während er sein Tempo beschleunigte, schaute er weiter auf sein Handy und wechselte zurück zur Foto-App, um zu sehen, ob die Aufnahmen des Mannes etwas geworden waren. Denn Finn neigte dazu, Bilder zu verwackeln, wenn er aufgeregt war. Und wenn das heimliche Fotografieren von Gangsterbossen kurz vor der Übergabe eines Millionenbetrags nicht aufregend war, was bitte schön dann?

Tatsächlich waren die ersten Bilder verwackelt. Aber zum Glück hatte er ja auf »Serienaufnahme« gestellt, sodass die folgenden Bilder der Serie den Mann deutlich und scharf zeigten. Gut genug für jedes Gesichtserkennungsprogramm. Leider besaß er keines. Er war eben doch kein echter Agent. Natürlich kannte er den Mann auch nicht. Was allerdings auch nicht verwunderlich war, weil er – Onkel Thomas' Familie mal ausgenommen – niemanden in Stockholm kannte. Na ja, so stimmte das auch nicht. Ronja hatte er kennengelernt, den Professor und die beiden Obdachlosen Nedjo und Ceija. Gerade als er an die beiden dachte und kurz den Blick vom Smartphone hob, standen sie vor ihm. Finn schreckte zusammen, weil die wie aus dem Nichts dicht vor ihm aufgetaucht waren, sodass er sie beinahe umgerannt hätte. Die beiden wussten, dass Finn sie nicht verstand, und umgekehrt. So lächelten sie nur und sahen ihn fragend an.

»Kommt mit!«, sagte Finn. Die Worte verstanden die beiden zwar nicht, aber egal. Sie sahen ja, dass Finn weiterging und ihnen ein Handzeichen gab, ihm zu folgen.

Währenddessen hatte Joanna die Polizeibehörde erreicht.

Aber der Professor war nicht da. Zuerst hoffte Joanna, sie hätte ihn nur noch nicht entdeckt, doch dann wurde ihr schnell klar, dass sie zu spät gekommen waren. Die Kidnapper mussten sich den Professor wieder geholt haben! Oder?

Joanna wandte sich langsam um. Nicht nur die weiße Limousine, sondern auch der blaue Lieferwagen parkte hinter ihr, an der Hauptstraße. Hätten die Entführer den Professor dorthin verschleppt, wären sie ihr entgegengekommen. Aber da war niemand gewesen. Nicht einmal ein harmloser Spaziergänger. Niemand! Die Kidnapper würden doch mit einem Entführten nicht andersherum um den Häuserblock gehen, also den gleichen Umweg wie Finn nehmen, der gleich auf der anderen Seite auftauchen müsste. Viel zu weit, viel zu umständlich, viel zu auffällig. Nein, definitiv: Einen entführten Professor hätte sie sehen müssen.

Da kamen ihr Oscar und Ronja entgegen.

»Keine Spur vom Professor!«, sagte Oscar gleich.

Noch bevor Joanna antworten konnte, dass ihr das auch aufgefallen war und was sie sich überlegt hatte, fügte Oscar noch hinzu: »Aber die Gangster sind da!«

»WAS?«, entfuhr es Joanna. »Das sagst du erst jetzt? Wo? Was machen sie? Wieso sind die hier und der Professor nicht?«

Oscar zuckte mit den Achseln. »Ich vermute, die suchen ihn auch.«

»Was? Aber …?« Joanna musste sich erst einmal sammeln. Wie konnte das sein? War der Professor gar nicht zum Treffpunkt gekommen? Aber hier sollte doch die vorgetäuschte Geldübergabe stattfinden. Währenddessen wollten die Kinder ins Präsidium laufen, der Polizei Bescheid geben, damit die die Gangster mit ihrem Koffer voller Geld auf frischer Tat ertappen konnte. So lautete ihr Plan. Aber nun war der Professor gar nicht gekommen? Was war hier los?

Ronja schaute sich um, überlegte kurz, rannte dann los.

»Wo will sie hin?«, fragte Joanna Oscar, doch der wusste es auch nicht.

Da kam schon Finn um die Ecke gelaufen.

»Habt ihr gesehen?«, fragte er aufgeregt. »Da vorn stehen die zwei Gangster. Der eine hat gerade telefoniert.«

»Der Professor ist nicht da«, erklärte Joanna ihm. »Die suchen den offenbar auch. Wahrscheinlich teilen sie das gerade ihren Hintermännern mit.«

»Den einen hab ich übrigens gut im Bild!«, berichtete Finn stolz und hielt seiner Schwester sein Smartphone entgegen. »Hier!«

»Klasse!«, lobte Joanna.

Nur Oscar meinte, er habe den Mann irgendwo schon einmal gesehen. »Aber keine Ahnung, wo«, bedauerte er.

»Okay, vielleicht fällt es dir später wieder ein«, tröstete Joanna. »Jetzt müssen wir erst mal schauen, wo der Professor steckt.«

»Der Treffpunkt war doch eindeutig, oder?«, fragte Finn.

»Ja klar«, bestätigte Joanna. »Siehst du doch, die Gangster sind auch hier!«

»Ja«, entgegnete Finn. »Aber schau mal. Die laufen jetzt dort entlang.«

Die beiden Gangster, die knapp hundert Meter von den Kindern entfernt telefoniert hatten, liefen jetzt in die Richtung, aus der Finn gekommen war.

»Was haben die vor?«, wunderte sich Joanna. »Ihr Auto steht doch auf der anderen Seite, an der Hauptstraße dort.«

»Vielleicht haben sie den Professor gefunden?«, mutmaßte Oscar.

Doch das konnte sich Joanna nicht vorstellen. Finn war doch aus dieser Richtung gekommen. Dann hätte er dem Professor begegnen müssen.

»Vi är på fel sida!« Ronja kam angelaufen und wiederholte den Satz, den sie ihnen zurief.

»Was sagt sie?«, fragte Joanna.

»Wir sind auf der falschen Seite!«, übersetzte Oscar.

»Wieso falsche Seite? Hier ist doch die Polizeibehörde?«, versicherte sich Joanna noch mal. »Wie wir es auf den Zettel geschrieben haben.«

»Ja!«, übersetzte Oscar Ronjas Bestätigung. »Aber hier ist die Tür verschlossen. Insgesamt ist das ein großer Gebäudekomplex: Polizeibehörde, Polizeimuseum, irgendeine Bewährungsstelle, und es geht hinüber bis zum Justizgebäude auf der anderen Seite, also hinter dem Haus, vor dem wir stehen. Hier vorn wird renoviert oder so. Der Professor sucht wohl nun einen Seiteneingang oder fragt gerade am Haupteingang des Justizgebäudes, wie man zur Polizei gelangt.«

»Das darf doch nicht wahr sein!«, schimpfte Joanna. »Und wir stehen hier wie doof. Und auch die Gangster und ihre Hintermänner suchen ihn nun. Was, wenn die ihn vor uns finden?«

»Seiteneingang?«, wiederholte Finn ungläubig. »Man muss die Polizei doch leicht erreichen können.«

»Kann man auch«, versuchte Oscar es zu erklären. »Aber momentan eben nicht durch den Haupteingang der Polizeibehörde.«

»Also los! Worauf warten wir? Rennen wir auf die andere Seite, um den Professor und den Eingang zur Polizei zu finden«, wies Joanna die anderen an. Dann fiel ihr noch etwas ein.

»Augenblick!« Sie rannte zurück auf die Wiese des kleinen Parks, durch den sie gekommen war. So weit, bis sie zur Straße blicken konnte.

»Was tust du da?«, rief Finn ihr laut hinterher.

Joanna gab aufgeregt das Zeichen, jetzt loszulaufen, wie sie eben schon vorgeschlagen hatte. Als die anderen bei ihr angekommen waren, berichtete sie: »Wie ich befürchtet habe! Die weiße Limousine ist nicht mehr da. Offenbar suchen die auch auf der anderen Seite. Aber mit dem Auto. Da sind sie schneller.«

»Wir müssen die Polizei verständigen!«, schlug Finn vor, während sie um den Gebäudekomplex herumrannten.

»Das tun wir doch!«, antwortete Oscar. »Deshalb laufen wir doch zur anderen Seite!«

»Ich meinte, telefonisch!«, präzisierte Finn. »Den Notruf!«

»Und was sollen wir denen sagen?«, fragte Oscar weiter.

»Dass der Professor in Gefahr ist. Und von der Geldübergabe!« Das war doch klar, fand Finn.

Doch auch seine Schwester widersprach. »Die glauben uns kein Wort. Weißt du doch!«

»Trotzdem!«, beharrte Finn.

Inzwischen waren sie, vorbei an der T-Bana-Station Radhuset, in der Bergsgatan angekommen, liefen die Straße weiter hoch, am Passamt vorbei bis zur Kreuzung Polhemsgatan und bogen rechts um die Ecke. Und dort sahen sie, drüben auf der anderen Straßenseite geparkt – den weißen Audi!

Abrupt blieben die Kinder stehen.

Dort auf der anderen Straßenseite, direkt vor dem Eingang des Justizgebäudes stand der Professor! Aber nicht allein. Der Beifahrer, den Finn vorhin noch fotografiert hatte, stand neben dem Professor, mit einem Koffer in der Hand.

»Verdammt, wir sind zu spät!«, entfuhr es Joanna. »Der Professor denkt sicher, wir hätten die Polizei verständigt, und hofft, dass jeden Moment jemand herauskommt und die Männer festnimmt.«

»Hab ich doch gleich gesagt, dass wir jetzt die Polizei rufen müssen!«, stellte Finn fest.

»Schon gut, hast ja recht«, gab Joanna zu. »Oscar, mach du das. »Wähl den Notruf der Polizei!«

Oscar wählte die *112*, in Stockholm die zentrale Notrufnummer für Polizei, Feuerwehr und Rettungsdienste.

Ohne den Blick auch nur für eine Sekunde von dem Professor und dem Koffermann zu nehmen, lauschte Joanna dem Telefonat zwischen Oscar und der Notrufzentrale. Auch wenn sie natürlich kein Wort verstand. Aber aus Oscars Tonfall und seinem verzweifelten Gesicht konnte man entnehmen, dass das Telefonat nicht so verlief, wie sie es sich gewünscht hatten.

Joanna ahnte bereits: Es würden keine Polizisten aus dem Gebäude kommen, schon gar nicht, um die Männer mit dem Geld festzunehmen.

Der Professor redete noch immer auf den Mann mit dem Koffer ein.

Joanna dämmerte, worum es dabei gehen konnte: »Ich glaube, der Professor versucht dem Mann zu beweisen, dass er gewillt ist, tatsächlich die echte Formel zu verkaufen. Die Streichholzschachtel mit der Formel haben wir ja sicher versteckt. Und der Mann weiß jetzt bestimmt nicht, ob er dem Professor glauben soll, dass der wirklich die richtige Formel preisgibt.«

»Genau das wird der Grund sein, weshalb sie ihn entführt hatten: um ihm das Geheimnis zu entlocken und außerdem genügend Zeit zu haben, damit sie überprüfen können, ob der Professor ihnen die Wahrheit gesagt hat«, vermutete Oscar.

»Und warum entführen sie ihn jetzt nicht?«, wunderte sich Finn.

Joanna kam nicht mehr dazu, ihm darauf eine Antwort zu geben, denn …

»Da!«, brüllte Oscar. »Sie versuchen es offenbar schon wieder!«

»Wie meinst du das?« Joanna konnte keine Anzeichen dafür erkennen.

Doch auch Ronja entdeckte jetzt, was Oscar schon vorher aufgefallen war: Der blaue Lieferwagen hatte sich in Bewegung gesetzt. Deshalb hatten die Kinder die beiden anderen Gangster eben nicht gesehen. Die hatten sich wohl nur davon überzeugt, dass der Professor wirklich hier stand, dann mussten sie direkt losgelaufen sein, um den Wagen zu holen.

»Die werden ihm kein Geld geben«, war Joanna sich jetzt sicher. »Wenn sich in dem Koffer überhaupt Geld befindet. Gleich werden sie sich den Professor schnappen. Verdammt, was sollen wir bloß tun?«

»Wir schreien um Hilfe!«, schlug Oscar vor.

Aber solange nicht wirklich etwas passierte, würde man die Kinder höchstens für verrückt erklären.

»Ich hab vielleicht eine Idee«, sagte Finn plötzlich und rannte los.

»Was? Wie?«, stotterte Joanna.

Aber da war Finn schon weg.

Als er ungefähr auf der Höhe des Professors angekommen war, lief er aber nicht weiter auf diesen zu, sondern ging zum

Haupteingang des Justizgebäudes, nahm sein Smartphone heraus und begann, den Eingang und das Gebäude wie wild zu fotografieren.

›Was soll das?‹, fragte sich Joanna. ›Was tut der da?‹

Gemeinsam mit Oscar und Ronja näherte sie sich langsam dem Geschehen.

Nun aber war auch der blaue Lieferwagen angekommen und blieb bereits direkt neben dem Professor stehen. Die beiden Gangster, die den Kindern mittlerweile wohlbekannt waren, sprangen aus dem Wagen.

»Jetzt geht's los!«, erkannte Joanna. »Scheiße!«

Im selben Moment kamen zwei Polizisten aus dem Justizgebäude.

War das Zufall?

Die beiden Gangster packten den Professor, so wie sie es schon einmal gemacht hatten. Der Professor schrie erschrocken um Hilfe.

Finn ging auf die Polizisten zu, die ihrerseits genau auf ihn zusteuerten.

Doch bevor sie Finn erreichten, bemerkten sie das Handgemenge zwischen den Gangstern und dem Professor. Die Polizisten wandten sich von Finn ab, liefen auf die Männer zu und riefen etwas, das Joanna vorkam wie »Halt! Aufhören! Auseinander!«.

Die Gangster ließen von dem Professor ab, doch der rief den Polizisten etwas auf Schwedisch zu.

Joanna nahm an, der Professor erläuterte ihnen jetzt genau das, was sie zuvor besprochen hatten: nämlich die Geldübergabe und die geplante Entführung.

Die Polizisten baten die Gangster um ihre Ausweispapiere

und darum, den Koffer zu öffnen, was einer der beiden Männer auch tat. Der Koffer war – leer!

»Genau wie ich es mir gedacht habe. Mist!«, fluchte Joanna. Die Gangster hatten wohl von vornherein vorgehabt, den Professor erneut zu entführen. Was aber, wenn das nicht möglich gewesen wäre? Hätten sie dann die Formel nicht doch gekauft, statt sie sich entgehen zu lassen? Doch! Davon war Joanna überzeugt. Für diesen Fall mussten sie doch das Geld bei sich haben. Wo aber, wenn der Koffer leer war?

Bei diesem Gedanken ging Joanna ein Licht auf. Der weiße Audi!

Sie bemerkte, wie der Wagen den Motor startete. Der Beifahrer, der in dem Moment, als die Polizisten aufgetaucht waren, einfach ganz unauffällig zur Seite getreten war, so als hätte er mit den beiden Gangstern aus dem blauen Lieferwagen nichts zu tun, stieg nun in die Limousine ein.

»Schnell!«, schaltete Joanna nun blitzartig. »Der Wagen darf nicht wegfahren!«

Sie stürmte hinüber auf die andere Straßenseite und stellte sich direkt vor den Kühler des Wagens. Der Audi, der gerade losgefahren war, kam ruckartig zum Stehen. Der Fahrer wedelte mit den Armen, wollte, dass Joanna von dort verschwand, doch die rührte sich nicht vom Fleck.

Oscar wollte Joannas letzte Anweisung übersetzen, doch Ronja hatte schon begriffen. Sie rannte ebenfalls über die Straße und stellte sich dicht hinter den Kofferraum der Limousine, gerade als der Wagen begann rückwärtszurollen, im Versuch, in dieser Richtung wegzufahren.

Joanna winkte Oscar zu sich: »Los! Los! Hilf uns!«

Oscar kam herbeigelaufen und versperrte die Fahrerseite

des Wagens. Nun saß die Limousine fest, konnte weder vor- noch zurücksetzen, noch irgendwie seitlich heraus, ohne dabei ein Kind zu überfahren! Finn lief zu den Polizisten, die immer noch die Personalien der beiden Gangster überprüften, und zeigte dem Professor, was drüben auf der anderen Straßenseite geschah. Nun endlich erläuterte der Professor es den schwedischen Polizisten.

Die wurden sofort hellhörig.

›Genau wie Joanna immer sagt‹, dachte Finn: ›Kindern glauben sie nicht, aber bei einem Erwachsenen reagieren sie sofort.‹

Einer der Polizisten sprach nun in sein Funkgerät. Kurz darauf kamen fünf weitere Uniformierte auf das Justizgebäude zugelaufen. Im Gegensatz zu den ersten beiden waren sie schwer bewaffnet. Auch Stockholm war schon mehrfach Ziel von Terroranschlägen geworden, sodass an zentralen öffentlichen Orten immer einige schwer bewaffnete Polizisten patrouillierten. So waren diese fünf gleich zur Stelle, rannten direkt hinüber zum Audi, umstellten ihn und forderten die Insassen auf, auszusteigen. Einer der fünf Polizisten zog die Kinder beiseite.

Dann stiegen die drei Insassen mit erhobenen Händen aus. Sie trugen feine, dunkle Anzüge. Auf dem Sitz hinter dem Fahrer fanden die Polizisten einen Aktenkoffer voller Geldscheine.

Der Professor kam näher und wurde blass, als er den Mann sah, der aus der hinteren Tür ausgestiegen war.

»Das ist ja mein Chef!«, stieß er ungläubig hervor. »Der Leiter unseres Instituts!«

Joanna machte große Augen. Aber sofort waren ihr damit die Hintergründe klar, warum der Professor entführt und unter Druck gesetzt worden war. Als Institutsleiter hatte dieser Mann von der Erfindung des Professors etwas mitbekommen. Er kannte die Formel zwar nicht, wusste aber, dass der Professor zögerte, seine Entdeckung zu veröffentlichen. Denn der Professor war sich bewusst, wie gefährlich es sein konnte, wenn seine Entdeckung in die falschen Hände geriet. Das hatte er den Kindern ja ausführlich erläutert. Sein Chef hingegen schien solche Skrupel nicht zu kennen. Wie sich herausstellte, hatte er vorgehabt, die Erfindung als seine auszugeben und damit vielleicht sogar den Nobelpreis zu gewinnen. Neben dem Ruhm hätte sich das allein schon finanziell gelohnt. Ein Nobelpreisträger wurde mit 8 Millionen Schwedischer Kronen, also etwa 830.000 Euro ausgezeichnet. Zusätzlich aber hätte er die Erfindung für einige Millionen Euro an entsprechende Stellen verkaufen können. Dafür lohnte es sich schon mal, ein Verbrechen zu begehen. Hatte er sich wohl gedacht.

Auch die Polizisten verstanden jetzt den ernsten Hintergrund des Hilferufs des Professors. Einer der Polizisten ging auf die Kinder zu und sagte etwas auf Schwedisch.

Oscar bekam erst einen roten Kopf, dann wurde er bleich, bevor er übersetzte: »Na, Kinder, da habt ihr euch aber eine satte Belohnung verdient.«

»Bloß nicht!«, rief Finn aus.

Der Polizist wunderte sich. Der Professor ebenso. »Nicht?«

»Dann erfahren unsere Eltern, dass wir schon wieder in einen Kriminalfall verwickelt waren!«, erklärte Finn.

»Schon wieder?«, fragte der Professor. Finn war froh, dass der Polizist kein Deutsch verstand.

»Übersetzen Sie das lieber nicht!«, bat Finn.

»Sagen Sie ihm«, fiel Joanna mal wieder genau zur rechten Zeit ein, »alles, was wir getan haben, konnten wir nur dank Ronja tun. Lassen Sie unsere Namen weg und geben Sie ihr eine satte Belohnung!«

Der Professor lächelte. »Ich verstehe!« Und fügte an: »Übrigens: Meine kleine Wohnung, die ihr ja kennengelernt habt, ist nur eine Stadtwohnung, damit ich es nicht so weit zur Akademie habe. Mein richtiges Haus steht auf dem Lande.«

»Aha!«, sagte Joanna und hoffte, dass er sie jetzt nicht zu Kuchen und Saft zu sich nach Hause einladen wollte. Das würde bestimmt ziemlich langweilig werden.

»Damit wollte ich nur sagen«, ergänzte der Professor. »Ronja könnte darin sicher gut wohnen, wenn sie will. Sozusagen unter meiner Obhut und Aufsicht, denn sie ist ja minderjährig. Aber ich bin nur selten da.«

Er lächelte und übersetzte Ronja seinen Vorschlag. Ronja war begeistert. Ihre erste eigene Wohnung!

Joanna und Finn lächelten sich ebenfalls an.

»Das haben wir doch wieder gut gemacht, Bruderherz, oder?«

»Ja«, stimmte Finn ihr zu. »Aber allmählich könnte ich gut auf Kriminalfälle verzichten und einfach nur mal einen schönen Urlaub machen!«

»Nein!«, widersprach Oscar. »Das war mein erster echter Kriminalfall. Genial!«

Die drei lachten.

»Willkommen im Klub!«, sagte Joanna grinsend.

Ende

Kleiner Schwedisch-Wortschatz

Begegnungen

Hallo!/Tschüss!	Hej!/Hejdå!
Guten Tag!/Guten Morgen!	God dag!/God morgon!
Guten Abend!	God kväll!
Wie geht es Ihnen/dir?	Hur mår du?
Wie geht's?/Es geht mir gut.	Hur är det? Jag mår bra.
Danke. Und Ihnen/dir?	Tack. Och du?
Wie heißen Sie?/heißt du?	Vad heter du?
Ich heiße …	Jag heter …
Das ist meine Schwester/ mein Bruder.	Det här är min syster/ min bror.
Woher kommen Sie/kommst du?	Vart kommer du ifrån?
Ich komme aus Deutschland.	Jag kommer ifrån Tyskland.
Wie bitte?	Ursäkta?
Entschuldigen Sie/Entschuldige!	Ursäkta mig!
Entschuldigung, darf ich Sie etwas fragen?	Ursäkta, kan jag fråga dig något?
Ich spreche kein Schwedisch/ Deutsch.	Jag talar inte svenska/ tyska.
Es tut mir leid.	Ursäkta mig.
Kein Problem!	Inga problem!
Möchten Sie …/Möchtest du …	Vill du ha …
Ja, bitte.	Ja, tack.
Nein, danke.	Nej, tack.
Okay.	Okej.

Hilfe!	Hjälp!
Achtung! Vorsicht!	Se upp! Försiktig!
Auf Wiedersehen!	Bis bald! Hejdå!/Vi ses!

Stadtbummel

das Auto	Bilen
die Brücke	Bron
der Brunnen	Fontänen
die Burg/das Schloss	Borgen/Slottet
der Bus	Bussen
das Fahrrad	Cykeln
der Fluss	Floden
der Garten/der Park	Trädgården/Parken
eine Gasse	En gränd
ein Hotel	Ett hotell
eine Insel	En ö
die Kirche/Kathedrale	Kyrkan/Katedralen
das Museum	Museet
der Parkplatz	Parkeringen
ein Platz	En plats
die Polizei	Polisen
das Rathaus	Rådhuset
das Schiff	Fartyg
das Hausboot	Husbåten
ein Stadtplan	En stadskarta
eine Straße	En gata
das Taxi	Taxin
die U-Bahn	Tunnelbanan

Medien und Kommunikation

ein Foto	Ett foto
ein Fotoapparat	En kamera
ein Handy/Smartphone	En mobil/Smartphone
das Internet	Internet
der Laptop	Den bärbara datorn
das W-LAN	WiFi

Essen und Trinken

das Frühstück	Frukosten
das Mittagessen	Lunchen
das Abendessen	Middagen
die Milch	Mjölken
ein Tee	En te
der Saft	Juicen
der Orangen-/Apfelsaft	Apelsin-/Äppeljuice
das Sprudelwasser	Mineralvatten
das Brot	Brödet
ein Croissant	En croissant
die Butter	Smöret
die Marmelade	Marmeladen
der Schinken	Skinkan
ein Eis	En glass
der Kuchen	Kakan
Prinzessin Kuchen	Prinsesstårta
ein Café	Ett fik/café

ein Restaurant	En restaurang
der Fisch	Fisken
ein Wiener Schnitzel	En Wiener schnitzel
Pommes frites	Pommes frites
Frikadellen und Kartoffelpüree	Köttbullar och potatismos
ein Salat	En sallad
der Käse	Ost
Die Speisekarte, bitte.	Menyn, tack.
Ich möchte gerne …	Jag skulle gärna vilja ha …
Bitte ein Glas/eine Flasche	Ett glas/flaska
Guten Appetit!	Smaklig måltid!
Das Essen war ausgezeichnet.	Maten var utmärkt.
Die Rechnung, bitte!	Notan, tack!

Uhrzeit und Zahlen

Wie viel Uhr ist es?	Hur mycket är klockan?
Es ist ein Uhr.	Klockan är ett.
Wann?	När?
Um ein Uhr	Klockan ett
In einer Stunde	Om en timme

0	noll
1	ett
2	två
3	tre
4	fyra
5	fem
6	sex
7	sju
8	åtta
9	nio
10	tio
11	elva
12	tolv
13	tretton
20	tjugo
30	trettio
40	fyrtio
50	femtio
100	hundra
1000	tusen
100.000	hundra tusen
1.000.000	en miljon

Wochentage und Monate

Montag	måndag
Dienstag	tisdag
Mittwoch	onsdag
Donnerstag	torsdag
Freitag	fredag
Samstag	lördag
Sonntag	söndag
Januar	januari
Februar	februari
März	mars
April	april
Mai	maj
Juni	juni
Juli	july
August	augusti
September	september
Oktober	oktober
November	november
Dezember	december

Inhalt

Andreas Schlüter wurde 1958 in Hamburg geboren. Bevor er mit dem Schreiben von Kinder- und Jugendbüchern begann, leitete er mehrere Jahre Kinder- und Jugendgruppen und arbeitete als Journalist und Redakteur. Mit dem ersten Band der Erfolgsserie »Level 4« gelang ihm 1994 der Durchbruch als Schriftsteller. Neben Kinder- und Jugendbüchern schreibt er auch Drehbücher, u. a. für den Tatort und krimi.de. Andreas Schlüter arbeitet in Hamburg und auf Mallorca. Mehr auf www.schlueter-buecher.de

Markus Spang, 1972 in Karlsruhe geboren, beschäftigte sich eine Zeit lang mit Philosophie und Kunstgeschichte und studierte dann Illustration in Krefeld und Münster. Heute lebt er wieder in Karlsruhe, malt Bilder, zeichnet Schriften und ersinnt eigene Geschichten.

FSC
www.fsc.org
MIX
Papier aus verantwortungsvollen Quellen
FSC® C014496

TULIPAN-Newsletter
Tolle Lesetipps kostenlos per E-Mail!
www.tulipan-verlag.de

Besucht uns auf Facebook und Instagram!

1. Auflage 2018
Text: Andreas Schlüter
Übersetzung Schwedisch-Wortschatz: Joanna Ageborn
Bilder: Markus Spang
Lektorat und Redaktion: Eva Jaeschke
Layout und Satz: www.lenaellermann.de
Umschlaggestaltung: Anette Beckmann
Druck: GGP Media GmbH, Pößneck
ISBN 978-3-86429-386-3

Actionreiche Städtekrimis!

€ 11,95 (D)/€ 12,30 (A) • ISBN 978-3-86429-155-5

€ 11,95 (D)/€ 12,30 (A) • ISBN 978-3-86429-219-4

€ 11,95 (D)/€ 12,30 (A) • ISBN 978-3-86429-261-3

€ 12,00 (D)/€ 12,40 (A) • ISBN 978-3-86429-316-0

Ferien, Freiheit, Abenteuer! Joanna und Finn haben Glück, dass ihre Eltern für ihre Jobs so viel reisen müssen. Denn so machen die beiden oft Urlaub in Europas Metropolen. Aber entspannte Städtetouren sehen anders aus – immer wieder geraten die Geschwister in Gefahr. Und lösen die schwierigsten Kriminalfälle.

***»Spannung pur!«* VELVET, 2015,**
zu *City Crime – Vermisst in Florenz*

Hamngatan
Hauptbahnhof
Parlament
Rathaus
Strömbron
Vasabron
Norr
Mälarstrand
Riddarholmskirche
Nobel-Museum
GAMLA STAN
Söder Mälarstrand
Centralbron